やたらと察しのいい俺は、毒舌クーデレ美少女の小さなデレも見逃さずにぐいぐいいく 4

ふか田さめたろう
FUKADA SAMETARO

ILLUST. ふーみ

やっぱりまだ上手にできないし……
いやいや上達したじゃん
白金小雪
笹原直哉

そ、そう……？
ふっ、ふふん。そうよね。
なんたって私は
完璧クール美少女ですもの

水族、館……!

ううう……じ、じろじろ
見るんじゃないわよぉ……！

CONTENTS

やたらと察しのいい俺は、毒舌クーデレ美少女の小さなデレも見逃さずにぐいぐいいく 4

ふか田さめたろう

GA文庫

カバー・口絵　本文イラスト
ふーみ

一章　恋人としてのやきもち

夏休み明けというのは、決まってひどく憂鬱《ゆううつ》なものだ。

厳しい残暑が続く中、休みでだれきった心身を規則正しい生活に慣らすまでが非常に辛《つら》い。人によっては五月病ならぬ九月病を煩《わずら》うこともあるだろう。

しかし一部の者は溌剌《はつらつ》としている。

その理由は様々だが、多くは『夏の間に恋人ができたから』に尽きるだろう。

夏祭りにプール、ちょっとした小旅行――そうした開放的なイベントを経た結果、いい感じだったふたりが交際に発展するケースは非常に多い。

そんな出来立てカップルは、夏休み明けのけだるさよりも、新しい日常への期待感が上回りがちだ。結果、だらけた周囲の生徒からは非常にまぶしく映ってしまう。

そして、もちろん直哉《なおや》もそちら側のひとりだった。

その日もちょうど昼休み、職員室前で小雪《こゆき》とばったり出くわした。

「あっ、小雪」

「っ……！」

呼びかけると、小雪の肩がぴくりと跳ねた。

直哉に気付いてすぐぱっと顔を輝かせたものの、それも一瞬のこと。

すぐに涼やかな表情を取り繕って、優雅に髪をかき上げてみせる。

「あら、直哉くんじゃないの。こんなところで何をやってるわけ？」

「何って、職員室に用事があったからだけど。先生に呼び出されたんだよ」

「はあ？　呼び出しですって……？」

その単語を耳にした途端、小雪の目がおもいっきり吊り上がった。

たった数歩の距離を一気に詰めて、至近距離で直哉に凄《すご》む。

「あなた、今度は一体何をやらかしたわけ？　正直に言いなさい」

「信用がないなあ……誤解だって。俺《おれ》は無実だよ」

「嘘《うそ》おっしゃい。どうせその無駄な洞察力《どうさつりょく》でケンカを売ったり、相手の秘密を暴《あば》き立てたりしたんでしょ」

「まあ、無駄な洞察力を駆使したのは当たってるけど」

「ほらやっぱり！　被害者はどこ？　私も一緒に謝ってあげるわ！」

投げやりな直哉をよそに、小雪はひとり使命感に燃える。

そこで、職員室の扉がガラッと開いた。顔を出すのは強面《こわもて》の男性教師である。並の生徒なら眼力ひとつで黙らせるほどの迫力がある。

しかし彼は直哉を目にし、ふっとわずかに表情を和《やわ》らげた。

「ああ、笹原《ささはら》。来てくれたのか」

「どうも、岩谷《いわたに》先生」

そんな彼に直哉はぺこりと頭を下げる。

「生徒指導の岩谷先生……⁉」

一方、小雪はひゅっと喉《のど》を鳴らして顔面蒼白《そうはく》になってしまう。

鬼教師で知られ、全校生徒に恐れられる先生だ。

岩谷先生の表情が和らいだのは直哉にしか分からないような微々たる変化だったものだから、小雪の目には獲物を探す肉食獣にしか見えなかっただろう。

大慌てで直哉の頭を無理やり下げさせる。

「やっぱりやらかしてたんじゃない！　直哉くんのバカ！　すみません岩谷先生……！　私もこのひとの分まで謝ります……！」

「何の話だ……？」

岩谷先生は、慌てふためく小雪に首をかしげるばかりである。

そろそろ誤解を解く頃合《ころあ》いかもしれない。直哉は揺さぶられながらため息をこぼす。

「先生、小雪に説明してやってくださいよ。俺が何かやらかしたんじゃないかって心配してるんです」

「……そういうことなら仕方ないな」

岩谷先生は少しの逡巡《しゅんじゅん》の後、胸ポケットから携帯電話を取り出した。

少し操作して、小雪に画面を差し出してみせる。

「これを見てくれ」

「へ……？　わあ、可愛《かわい》い子！」

そこに映し出された写真を目にして、小雪はキラキラと顔を輝かせた。

四、五歳くらいの小さな女の子である。砂場で泥だらけになって遊んでいて、満面の笑みを浮かべている。見る者をほっこりさせる幸せな写真だ。

小雪も直哉を糾弾《きゅうだん》することを忘れて見入ってしまう。

「お人形さんみたいだわ。この子がどうかしたんですか？」

「私の娘だ」

「えっ……えええええっ⁉」

ぎょっとした悲鳴を上げて、岩谷先生と写真の女の子を何度も見比べる。

そうして小雪はあごに手を当てて、じっくりと嚙《か》みしめるようにしてつぶやいた。

「きっと奥さんに似たのね……」

「すみません、岩谷先生……うちの小雪が失礼なことを……」

「気にするな。よく言われる」

岩谷先生は携帯をしまい、バツが悪そうに頬《ほお》をかく。

「実は、娘の誕生日が近かったんだが……最近仕事が忙しくて、なかなかちゃんと話してやれなくてな。贈り物は何がいいのか分からなくて困っていたんだ」

「で、俺が相談に乗っていたってわけ」

娘の動画を見せてもらって、どんなプレゼントが欲しいのか推察する。

結果、簡単なアドバイスをしたのだ。

岩谷先生はほんのわずかに口角を持ち上げ、ため息をこぼす。

「おまえの言うとおり、一緒に出かけたらとても喜んでくれたよ。おもちゃより何より、私との時間が一番欲しかったものだとは」

「あはは、簡単なことだったでしょ？」

直哉はにっこりと笑いつつ、おどけた調子で忠告する。

「でも先生、俺に聞くのは最終手段の裏技です。ちゃんと相手と話さなきゃ、分からないことってけっこうあるんですよ」

「おまえがそれを言うのか……？　だがまあ……分かっているとも。これからはちゃんと娘と過ごす時間を作るよ。それじゃあ、ちょっと待っててくれ」

そう言って、岩谷先生は一旦《いったん》職員室の中へと引っ込んでいった。

すぐにまた廊下に戻ってきて、大きな紙袋を直哉に差し出す。

「ともかく感謝するぞ、笹原。これは実家で採れた野菜だ。こんなものですまないが……もらってくれ」

「ありがとうございます。母が喜びます」

直哉は素直にそれを受け取っておく。

中には泥のついたニンジンや、曲がったキュウリなどが大量に入っていた。

それから岩谷先生は生徒指導のために職員室を後にした。軽く手を振って去っていく彼を見送って、小雪は意外そうに直哉を凝視する。

「ふーん……ほんとに無実だったんだ」

「だから何度もそう言っただろ。信用ないなあ」

「うぐっ、それは悪かったと思うけど……ごめんなさい」

気まずそうにしゅんっとする小雪である。

心から反省するその姿は、叱《しか》られた子犬を思わせた。

それに直哉は明るく笑いかけるのだ。

「まあいいよ。岩谷先生に感謝されたのだって、もとを正せば小雪のおかげだしな」

「へ？　なんで私？」

小雪はきょとんと目を瞬《またた》かせる。

まるで理解ができないと言いたげな彼女に、直哉は事もなげに続ける。

「俺、小雪に会うまでは、限られた知り合い以外とはまともに関《かか》わろうとしなかったんだよ。前に言ったろ、ひとと過ごすのが疲れるから」

察しのよさ故、直哉は他人の感情をすべて受け取ってしまう。

だからこそ幼馴染《おさななじ》みの巽《たつみ》や結衣《ゆい》以外とは、一線を引いた付き合いを続けていた。

稀《まれ》に好意を寄せてくる女子がいても、丁重にお断りして距離を置いたくらいである。

「でも……小雪に出会って気付いたんだ。ひとと関わるのは疲れもするけど、それ以上に面白《おもしろ》いことなんだって。だから最近はこうやって、いろんなひとの相談に乗ったりしてるんだよ」

たしかに今でもひとの感情に疲れることがある。

それでもその気疲れより、ひとと関わる楽しさを知ってしまった。

以前までの直哉なら、ずっと気付けなかったことだろう。

「小雪は俺のおかげで変われたって言うけどさ。俺だって、小雪のおかげで変われたんだ。ありがとな、小雪」

「直哉くん……」

「だからこれからもよろしく、小雪」

言葉に詰まる小雪の手を、直哉はそっと握った。

ほのかな温かさが指先から伝わってくる。

じっと小雪と見つめ合い――直哉はにっこりと笑ってとどめを刺した。

「彼氏彼女として、な？」

「ふぐうっ……！」

その瞬間、小雪の全身がぴしっと硬直した。

額には玉の汗が浮かんでくるし、指先からは温《ぬく》もりではなくて動悸《どうき》が伝わる。

一瞬で許容値を超えた小雪に、直哉はやれやれと肩をすくめてみせた。

「いい加減に慣れてもいい頃なんじゃないのかなあ。もう告白し合って半月以上経《た》つんだぞ」

「う、うるさい！　まだ半月よ！」

小雪が一度は繋《つな》いだ手をばしっと振り払った。

あの劇的な変化が起きた小旅行から、もう半月以上が経過していた。

付き合いたてのカップルにとっては最も熱々の時期となるだろう。

だがしかし、直哉と小雪の場合は例外だった。

「ほんっとデリカシーがないんだから……いいこと、ここは学校なのよ！」

小雪はかぶりを振ってから、直哉にびしっと人差し指を突きつける。

「夏休み明けすぐに言ったはずよ、学校でそういう浮かれた話は一切《いっさい》ナシだってね。ここでの私たちは単なる同級生。その辺の線引きはしっかりしてもらわないと困るんだから」

「いや、言いたいことは分かるんだけど……条件が厳しくないか？」

学業をおろそかにしないため、きっちりと分別を付ける。

小雪の言い分はもっともだ。

だがしかし、直哉としては納得できるものでもなかった。

指を折りながら、命令された事柄を並べ立てていく。

「手を繋ぐのはもちろんのこと、回し飲みとか食べさせ合いも禁止。おまけによっぽど用事がない限り、互いの教室に行くのもダメときた。他にも色々縛りはあるけど……これじゃ付き合う前より距離ができてないか？」

「当然の条件でしょ」

小雪は澄まし顔で鼻を鳴らす。

胸を張ってふんぞり返り、気丈に言い放つのだが――。

「あなたみたいな地味なひとと付き合ってるなんて知られたら、この私の格が落ちるもの。だから学校ではむやみに近付かないで。分かった？」

「分かってるよ。小雪が『付き合ってるなんてみんなに知られたら恥ずかしすぎるでしょ……！直哉くんの顔もまともに見られないし……！』って思ってることくらい」

「うぐっ……そ、そう。理解しているなら結構だわ。だから引き続き適切な距離を保って――」

「でも俺はもっと小雪とイチャイチャしたいんだ。小雪が『でもせっかく付き合えたんだし、ちょっとくらいイチャイチャしたい気も……』って思ってるのと同じように！」

「ええい、畳みかけてくるな……！　ともかく学校では禁止！　分かった⁉」

「じゃあ、学校を出たら恋人としてイチャイチャするってことでいいか？」

「そういう話でもないわよっ！」

小雪は顔を真《ま》っ赤《か》にして叫ぶ。

そんなわけで、付き合い出してからまともに進展していないのだった。

せいぜい休日互いの家に遊びに行ったり、出かけたりする程度。

そこでも手を繋ぐのが関の山で、キスなんてもってのほか。一度いい雰囲気になったタイミングに仕掛けてみたが、小雪の腰が抜けてしまった。

つまり、生殺しとも呼ぶべき状態なのだが――。

（これはこれでいいんだよなあ……初々しい反応、ごちそうさまです！）

直哉はそれなりに満足していた。

恥ずかしがる小雪も可愛いし、本当はイチャイチャしたいのに勇気が出なくて尻込《しりご》みする小雪ももっと可愛い。いつも通りに接している中で、不意に意識して距離を取るところなんて最高だ。

そんなわけで、口ではこう言いつつも現状を受け入れていた。

つやつやする直哉に反し、小雪は疲れ果てたように肩を落とす。

「まったく直哉くんは変わらないいんだから……そんなに浮かれてて大丈夫なの？　もうすぐ例

の彼が日本に来ちゃうのよ」

「ああ、許嫁《いいなずけ》（仮）な」

先日降ってわいた問題である。

海外在住の小雪の祖父が手配した、小雪の婚約者。

直哉らと同世代だというその少年は、もうすぐ留学手続きを終えて訪日するらしい。

交際すぐにそんな当て馬が現れるなんて非常事態もいいところ。

だがしかし、直哉は胸を軽く叩《たた》いてみせる。

「任せとけって。どんな相手だろうと、ものの三分でメンタルを粉砕してやる自信があるからな。むしろ、今から会うのが楽しみなくらいだよ」

「だから心配なんだけど……」

小雪はひどく神妙な面持ちでかぶりを振る。

完全に、その許嫁とやらへの同情モードだった。

そんな対照的なふたりのもとへ、やけに明るい声が降りかかる。

「いやはや、今日もやるねえ。小雪ちゃん」

「へっ……って、結衣ちゃんに恵美《えみ》ちゃん？」

小雪がばっと振り返ってみれば、そこには結衣と恵美佳《えみか》が立っていた。

すっかり小雪と仲良くなったふたりである。

両者とも目尻を下げて、微笑《ほほえ》ましそうに笑う。

「ほんっとラブラブで参っちゃうよね。こんな場所でイチャつくなんて、普通ならできっこないもん」

「だよねえ、結衣。あーあ、私もいつかあんなふうに彼氏に甘えてみたいなあ」

「ら、ラブラぶ……!?」

小雪はぴしっと固まってしまう。

すぐに咳払《せきばら》いをして取り繕うのだが――。

「何を言ってるのよ、ふたりとも。今のがイチャついてるように見えたわけ？　物わかりの悪いこのひとに、道理ってものを教えてあげていただけなんだから」

「えっ、だったら周りを見てみなよ」

「ま、周り……？」

結衣に言われ、小雪はおずおずとあたりを見回す。

現場は職員室前の廊下である。昼休みということもあって、通りかかる生徒の数も多い。

そしてその全員が全員、小雪と目が合うなりさっと顔を背《そむ》けてみせた。

中には教師の姿もあるし、例外なくみな顔が赤い。

「えっ、あのふたり付き合いはじめたの？　いつから？」

「夏休みからだって。まあでも誤差みたいなものだよね。今までだってイチャイチャしてたし」

「やっぱりすごいなあ……白金《しろがね》さん」

ひそひそとそんな声まで聞こえてくるし、廊下には胸焼けしそうなほどの甘酸っぱい空気が満ちる。

それを指し示し、結衣は堂々と断言する。

「ね？　誰《だれ》が見てもラブラブだった証拠だよ」

「ひっっっ……ぎゃあああああああ⁉」

鳥を絞め殺したようなその壮絶な悲鳴は、校舎中に響き渡ったらしい。

衆人観衆の目に耐えきれず、小雪は脱兎《だっと》のごとく駆け出していった。

あっという間に消えてしまったその後ろ姿を見送って、恵美佳はあごを撫《な》でて唸《うな》る。

「やっぱりいい足持ってるねえ、小雪ちゃん。うちの陸上部に入ってくれないかな。間違いなく県大会で上位を狙《ねら》えるのにさ」

「いやあ、無理でしょ。今は部活なんてしてる場合じゃないだろうし」

結衣がぱたぱたと手を振って、直哉に両手を合わせてくる。

「それよりごめんね、直哉。水を差しちゃったみたいでさ」

「気にするなよ。結衣たちが教えなくても、あと十二秒くらいしたら自分で気付いたはずだからさ」

「どこまでも笹原くんの手のひらの上ってことかー。小雪ちゃんも大変だねえ」

「そこまでじゃないって。予想はできても、逃がさないようにするのは難しいし」

肩をすくめる恵美佳に、直哉は苦笑を向ける。

こうなることは予想通り。

恥ずかしさのあまりに逃走する小雪も、これはこれで可愛い。

ただ――。

(可愛いことは可愛いけど……もう少し吹っ切れてもらえたら助かるなあ)

そろそろ次のステップに進みたいと思うのもまた本音で。

ため息をこぼす直哉の肩を、結衣がぽんっと叩いて励ましてみせる。

「ま、小雪ちゃんが慣れるにはちょっと時間がかかるかもねえ。待つしかないよ」

「だろうな。あんまり焦《あせ》っても逆効果だろうし」

「ふふふ。早く慣れてもらって、噂《うわさ》の許嫁とやらにラブラブっぷりを見せつけてやってよね。

あっ、今のうちにカメラを買っておこうかなあ……」

「委員長は小雪ちゃんの保護者か何かなの……？」

真剣な顔で考えこむ恵美佳。

それに半眼を向けてから、結衣がそういえばと切り出した。

「あっ、そうそう。このまえ直哉に話した子なんだけどね。本格的に恋愛相談に乗ってもらいたいんだって」

「了解。放課後でいいかな」

「へえ、笹原くんってばそんなこともやってるんだ。効果てきめんだろうねえ。雑誌の恋占いなんか目じゃなさそう」

「そこまでじゃないって。話を聞いて、ちょっとアドバイスするだけだよ」

直哉は軽く笑ってふたりと別れた。

そういうわけで放課後は結衣の友人の相談に乗り、小雪と一緒に並んで帰った。

そのころにもなれば小雪も職員室前での衝撃が少しは薄れていたものの――。

「お、このアイスけっこう美味《うま》いな」

「ほんと？　そっちの味も気になってたのよね」

「よかったら一口どうぞ。ほら」

「ふふ、直哉くんにしては気が利《き》くじゃない。それじゃ遠慮なく……うん、美味《おい》しい！　私も次はこっちを…………って、何するのよ⁉　かっ、間接キスしちゃったじゃない！」

「やっぱりダメかー」

接近しては離れてを繰り返し、ろくな進展がなかった。

この前は直哉が意識しすぎてしまったが、今回は小雪の番らしい。

(やっぱのんびり慣らしていくしかないよなあ……)

そんなことを考えつつ、直哉はアイスを完食したのだった。

それから一週間後の昼休み。

直哉のクラスである二年三組を、下級生の女子生徒が尋ねてきた。

彼女は緊張した面持ちで、手近な生徒に声をかけるのだが――。

「あの、すみません。このクラスに――」

「おーい、笹原。またお客さんだぞー」

「ごめん……その子で四人目だから、ちょっと待っててもらってくれ……」

ろくに用件も聞かずに取り次ぐクラスメイトに、直哉は頭を下げだ。

彼も慣れたもので、女子生徒を廊下にできた列へと案内していく。

「えっ、これ何の行列？」

「おまえ知らないのかよ。凄腕《すごうで》恋愛探偵笹原だよ」

「何その浮かれた二つ名……」

廊下からはそんな話し声と、女子たちの盛り上がる声が聞こえてくる。

見学客も集まってきているしで、ちょっとしたお祭り騒ぎだ。

そんな周囲をよそに、直哉は真正面の女子生徒へと向き直る。

こちらは一個上の三年生だ。頬を赤らめ、指をすり合わせてもじもじする様は、見るも分かりやすい恋に恋する乙女そのもの。

彼女はぽつぽつと、思いを寄せる男子について語ってみせる。

「そ、それであの、私、不器用だけど優しい彼のことが好きなんです。どうしたら――」

「次の週末にデートに誘って、その帰り道に告白してください。待ち合わせ時間の三十分前に行くとなんやかんやあって成功率が跳ね上がります。当日のデートプランはここに書いておきました。以上！　ご健闘を！　次の方、どうぞ！」

ルーズリーフの切れ端をずいっと差し出して、直哉は廊下に向けてヤケクソで叫んだ。

もちろん胸中でも絶叫していた。

（どうしてこうなった⁉）

そのまま相談を矢継ぎ早に片付けて、なんとか昼休み中に片付けることはできた。

そして幸いにして、次の時間は自習だった。

「つ、疲れた……」

机に突っ伏し、直哉は盛大にため息をこぼす。

その机には相談を受けた女子たちが置いていったお菓子類が積まれている。彼女ら曰《いわ》くお布施らしい。

「ご苦労さん、敏腕恋愛探偵先生」

前の席に座った巽が、雑なねぎらいの言葉をかけてくる。

お菓子の山を勝手に漁《あさ》りながら感心したように続けることには。

「それにしても、すごい盛況ぶりだよなあ。結衣の友達からだっけ？」

「そうだな……あれが呼び水になっちまった」

先日、結衣の友達だという女子生徒の相談に乗った。

彼女が持ちかけてきたのは恋の悩みで。

どうも気になる先輩がいたらしいのだが、その話を聞いて直哉はばっさりと切り捨てた。

『あ、その先輩はダメだ。たぶん他に好きな子がいる』

『えええっ……!?　そ、そんなあ……』

もちろん彼女はがっくりと落ち込んだ。

しかし、そこに直哉は畳みかけた。

『先輩はダメだと思うけど……その、よく突っかかってくる子？　そっちはきみのこと、たぶん好きだと思うなあ』

『へ？　あはは、何を言い出すのかと思ったら。あいつはただのクソ生意気な後輩だよ。そういうのじゃないってば』

『まあまあ。一回改めてその彼と向き合ってみなよ。意外といいところが見えてくるかもしれないし』

『うーん……笹原くんがそこまで言うなら考えてみようかな』

こうしてその女子生徒は後輩のことを意識しはじめて、晴れて付き合うことになった。

スピード交際の裏には紆余曲折《うよきょくせつ》があったらしいが、ともかくハッピーエンド。

彼女から丁寧なお礼を受けて、直哉はとても気分が良かった。

しかし、それがいけなかった。

その女子生徒があちこちで『あれは本物だよ！』と吹聴して回ったのだ。

最初は物の試しで相談を持ちかける者が多かった。しかし、そんな彼女らが恋の成就を立て続けに報告してくれたものだから、噂が噂を呼んでしまった。

結果、もはや学校全体を巻き込んだブームとなっているのだ。

今のところは女子生徒だけだが、男子生徒からも「これは友達の話なんだけど……」と遠回しに相談を持ちかけられていたりする。表立って相談するのは恥ずかしいらしい。

おまけに、列は日に日に伸びている。

直哉は休み時間のほとんどを相談窓口に当てる形になっていた。

がっくりと突っ伏しながらうめき声を上げる。

「何でこうなったんだろう……俺、ダメなときはダメってばっさり切り捨てるのに……」

「それが逆にいいんじゃねーの？　そういう場合って、本人も脈なしだってなんとなく分かってる場合が多いからなあ。諦《あきら》めるきっかけにちょうどいいんだろ」

巽は棒形スナックをかじりながら軽く言う。

「つーか俺からしたら、話を聞いただけで何であんな的確なアドバイスができるのか謎《なぞ》で仕方ないけどな。実際に見たわけでもないっつーのに」

「学校なんて閉鎖的な空間で構築される人間関係なんて、だいたいパターンがあるんだよ。当てはめりゃ誰でもできるっての」

依頼人とその意中の相手。

ふたりの関係性と、日ごろどんな会話をするか、相手の好きな物は何か——そうした情報を得て、あとはパターンに照らし合わせて是非を判定する。やっていることは統計学に近い。

そう説明してから、直哉はふっと自嘲《じちょう》気味に笑う。

「あと、最近は相談に乗りすぎて校内の人物相関図がおぼろげに見えてきてな……より一層、アドバイスの精度が上がりつつあるってわけだ」

「おまえ、この学校を裏で支配するつもりか……？」

巽は訝《いぶか》しげに目をすがめてみせた。

冗談めかして言ってはいるが『こいつならできるだろうなあ……』という確信を抱いている。

そして、それは直哉も同様だった。面倒なので実行に移したりしないが。

スナック菓子を平らげて、巽は肩をすくめてみせる。

「つーか、そんなに疲れるようなら、こんな菓子じゃなくてちゃんとした相談料を取ればいいんじゃね？　そしたら客も減るだろ」

「……それもちょっとは考えたんだけどな」

金銭を要求すれば、この盛況ぶりも落ち着くかもしれない。

その可能性もちらっと考慮したが、実行するわけにはいかなかった。

直哉は頭を抱えてうなだれる。

「料金を払ってでも相談に乗ってほしいってひとが、確実に出てくるはずだ。相談料をもらう以上、俺はしっかりアドバイスしちゃうだろうから……箔《はく》が付いちゃって、ますます人気が上がってしまう……」

「じゃあもう適当に当てずっぽうなアドバイスしろよ」

「できるわけないだろ……！　みんな真剣に相談してくれてるんだから！」

そんなわけで、直哉は真面目《まじめ》に話を聞いているのだ。

結果、皮肉にも評判を呼んでしまった。

（クソッ……こんなことなら、最初の相談をなあなあで片付けておけばよかった！）

自分が恋愛面でいいことがあった直後だったため、ついつい本気で向き合ってしまった。

少し後悔してしまうが後の祭りだ。

直哉は盛大にため息をこぼしつつ、さらなる試練に思いを馳《は》せる。

「それに……たぶん今日の放課後はもっとややこしいことになるんだよなあ」

「どんな相談事が来ても、おまえなら一発で終わるのに？」

「さっき小雪がここを通りかかったんだよ……」

直哉が相談窓口を開いていることは小雪も知っている。

それが盛況だという噂を聞いて、こっそり偵察に来たらしい。

こっそり——直哉からしてみればバレバレだったが——教室を覗き込み、女子生徒の話を聞く直哉をじーっと見つめて、眉間《みけん》のしわを深めていた。

そこから予想される次の展開は、ひとつしかない。

「まず間違いなく、今日の放課後にも行列ができるだろう。小雪はそこに並んで、しれっと俺に相談してくるんだ。『彼氏が最近ほかの女子から人気で、いい気になっていて困っています。どうしたらいいでしょうか』って」

「はあ？　さすがにそれはないだろ」

それに、巽は小馬鹿《こばか》にしたような笑みを浮かべてみせる。

「明らかに恋愛相談員だし、そういう意味での人気じゃないってことは白金さんも分かりきってるはずだろ」

「どうだかな……だってあの小雪だぞ？」

「おまえは白金さんのことを何だと思ってるんだよ」

直哉が真顔なのに反し、巽は終始せせら笑った。

かくして、あっという間にその放課後がやって来る。

帰りのＨＲが終わってすぐ、クラスメートが帰り支度や部活の準備を進める中、相談窓口がふたたび開かれた。

満を持して、ひとり目の依頼人が直哉の前にでんっと腰を下ろす。

「相談があるんだけど」

腕を組み、険しい顔で熾烈《しれつ》な視線を直哉に向ける依頼人。

まるで圧迫面接のごとき威圧感だ。

依頼人――小雪は直哉を睨《にら》んだまま、ヒリついた声で告げる。

「私の恋人が、最近女子生徒たちに囲まれて鼻の下を伸ばしているの。どうやって締め上げれば懲《こ》りると思う?」

「白金さん……」

「……巽は列整理を頼む」

その背後で、巽はひどく残念なものを見るような目を小雪に向けていた。

直哉はそんな彼に業務を依頼し、軽く手を振って追い払う。

周囲の生徒は分かりやすくざわついていた。

直哉と小雪が付き合いだしたのはもはや周知の事実だったし、相談に来た生徒や通りすがりの生徒までもが、修羅場《しゅらば》の気配を察して教室の中を覗き込んでくる。

興味の眼差《まなざ》しが突き刺さる。

直哉はごくりと喉を鳴らしてから、おずおずと切り出した。

「えっと、小雪……？　今日は五人くらいで相談所を切り上げるから、終わるまで待っててほしいって言ったよな？」

「あら、何のことかしら。私は相談に来ているだけよ」

ふんっと鼻を鳴らしてそっぽを向く小雪である。

どうやら依頼人のていを貫き通すつもりらしい。

机に片肘をつく様は暴君然として決まりに決まっていた。

「聞けば……この相談窓口って、何でもびしっと答えてくれるらしいじゃない。うちのクラスの女の子も噂してたわよ」

そう言って、小雪は廊下に視線を投げる。

教室を覗《のぞ》き込んでくるのは女子生徒が多かった。その大半が、恋愛相談に来た依頼人たちである。その面々を見て、小雪はきゅっと眉《まゆ》を寄せる。

注目を集めた羞恥《しゅうち》ではない。

分かりやすい嫉妬《しっと》だ。

直哉に向き直り、ねっとりとした目で睨《にら》む。

「下級生から上級生まで、大人気なようでけっこうなことね。さぞかし敏腕なそのお手並み、拝見させていただこうじゃないの」

「……そうですねえ」

ひとまずは直哉も相談員のていで相づちを打つ。

小雪が苛立《いらだ》つのも理解はできる。直哉もこんな風に小雪が男子生徒にちやほやされたら、面白くないに決まっていた。

しかし――小雪がここまで苛立つ理由は、もうひとつ存在していた。

（……ここが反撃のタイミングかな？）

直哉はかるく俯《うつむ》き、小雪に見えないように薄い笑みを浮かべてみせる。そのせいか廊下でざわめきが起きた。

ゆっくりと顔を上げ、直哉はにっこりと笑う。

「なるほど。その彼氏が女子にモテモテなのが気に入らないと」

「そういうこと。分不相応にも、ハーレム主人公の予感に舞い上がってるんじゃないかと思って非常に業腹《ごうはら》なの」

「なるほどなるほど……つまるところ」

直哉はぴんっと人差し指を立てて結論を示す。

「小雪は不安なんだな」

「……はい？」

ぴしっと凍り付く小雪である。

そこに直哉は容赦なく畳み掛けた。

「いざ恋人になったはいいけど、距離感が摑《つか》めなくて困ってる。そんなタイミングでその彼氏が女子に囲まれはじめたから、誰かに取られるんじゃないかって不安なんだ。違うか？」

「そ、そんなことあるわけないでしょ……！」

小雪はバンっと机を叩いて立ち上がる。

「あのひとは私一筋だもの。ほかになびくとは思わないわ。ただちょっと気に入らないだけで――」

「おっと、素直になってもらわないと困るんですよねー。ここは相談窓口なんだから」

直哉はニヤニヤと笑いながら、人差し指で机を叩く。

今現在、ふたりの立場は恋人ではない。相談員と、その依頼人である。

「本音でしゃべってもらわないと、まともなアドバイスはできません。取り繕うのは損ってもんですよー」

「ぐっ……ぐぐぐぐ……！」

小雪の顔が真っ赤に染まる。

しかし直哉相手に勝ち目は薄いと悟ったらしい。

錆《さ》び付《つ》いた機械人形のようにゆっくりと腰を落とし、顔を伏せつつぽつりと言う。

「ちょっとは……不安……です」

「よく言えました」

それに、直哉は営業スマイルを向けた。

おかげで教室に残っていたクラスメートがひそひそと密談を交わす。

「笹原の奴、壺とか売るの上手《うま》そうだな……」

「次の学祭、うちのクラスはそれでいくか？　幸せになれる壺実演販売所ってやつ」

「や、やめとこうよ。絶対エグいほど儲《もう》かっちゃうからアウトだよ……」

ほかのギャラリーたちも似たような雰囲気で、若干引いている。

それにもかまわず、直哉は話を続けた。

「でも……その彼氏を囲む女子、ただ単に恋愛相談に来てるだけだぞ。心配することは何もないんじゃないですかねえ」

全員、ほかに意中のひとがいるのが大前提だ。

だから小雪が心配することは何もない。

「そもそもその彼氏、小雪にぞっこんだし」

「それは分かってる……けど」

小雪は俯きながらも、小さく息を吐いてからぽつぽつと絞り出す。

「恋の相談をきっかけに仲が深まるなんて、よくある話だもの。それに、直哉くんのいいところを他の子たちが知っちゃうでしょ。こんな甘えベタの彼女なんかじゃなくて……恋の相談ができるようなまっすぐな子にアタックされたら、ちょっとは揺れちゃうかもしれないし」

「小雪……」

しょんぼりとした小雪に、直哉は言葉に詰まる。

傷ましく思うと同時、すこしヒヤヒヤしていたのだ。

（小雪も鋭くなってきたなあ……心配の内容が具体的だ）

相談を持ちかけてきた女子とそんな空気になりかけたことは、実のところすでに何度も起こっていた。

親身に話を聞く内に『笹原くんって……意外とありかも？』と好感度が急上昇する場合がけっこうあるのだ。不本意なことに。

そんな相手には『ところで最近俺も彼女ができてさー』なんて過剰に惚気《のろけ》てみせて、先制攻撃を仕掛けている。わざとデリカシーのないことを言って好感度を下げることも朝飯前だ。

今のところは、それでどうにかなっているものの――。

（無駄な心配をさせちゃったよな……）

小雪をやきもきさせてしまったのは事実で。

直哉は小雪の手をそっと握る。

「大丈夫。そんなことは絶対にないから」

「……直哉くん」

小雪はゆっくりと顔を上げるものの、瞳《ひとみ》は不安で揺れていた。

相談員の真似事《まねごと》はもう終わりだ。

今は大好きな彼女に、彼氏として心からの想《おも》いを告げるときだった。

「確かに俺は、恋人になったからにはイチャイチャしたい方だ。でも、俺がイチャイチャしたいのは小雪だけなんだよ。だから心配いらない」

「……もしも他の子に告白されても、ちゃんと断ってくれる？」

「当然。このまえの朔夜《さくや》ちゃんのときみたく、誠心誠意フってみせるよ」

直哉はきっぱりと言い放つ。

繋いだ手に力を込めて、まっすぐ目を見つめて続けた。

「小雪が甘えベタなのだって百も承知なんだよ。これから何十年って一緒にいるんだから、焦る必要はないんだ。ゆっくり一歩一歩、できることから始めていこう」

「……たとえば？」

「そうだなあ。学校で少しくらいは彼氏面させてもらえたら嬉《うれ》しいかな」

今は近付くだけでもアウト判定されてしまう。

小雪が恥ずかしく思うのは百も承知だが、それは少し寂《さび》しいので何とか許してもらいたい。

そう頼めば――小雪は噛みしめるようにしてうなずいた。

「…………分かったわ」

「うん？　あの、小雪さん？」

その決意が想定より強く見えたので、直哉は目を白黒させる。

しかし小雪はおかまいなしだった。

ふたたびガタッと席を立てば、ギャラリーたちは水を打ったように静まりかえった。

「このひとに相談に来た、女の子たちに宣言しておくわね」

小雪はそんな面々をぐるりと見回す。

特に女子生徒を強い視線で射貫いてから、びしっと直哉を指し示して言い放つ。

「この人は私の恋人なの！　万が一にも好きになったなら、この私直々に……いつだって叩き潰《つぶ》してあげちゃうんだから！　覚悟なしゃいっ⁉」

最後、ちょっと噛んだ。

しーんと教室中が静まりかえる。

開け放った窓から、部活中の活気溢《あふ》れる声がかすかに聞こえてきて——あまりに静寂が続いたものだから、小雪がうろたえはじめる。

「えっ、えっと、だからその……うわっ⁉」

そこでわっと歓声が上がった。

ギャラリーたちはみな惜しみない拍手を送り、口々に賛辞を叫ぶ。

「いいぞー！　白金さん！」

「よく言えたよ！　頑張ったね……！」

「へっ……？　な、なんで応援されるわけ……？」

先ほどの勢いはどこへやら、小雪は完全にたじたじである。

ケンカを売ったに等しいので、何故《なぜ》応援されているのか分からないらしい。

ギャラリーたちは全員保護者めいた生温かい目をしている。中には携帯のカメラを向けて、しっかりその宣言を録画している女子生徒もいて——小雪がそれに気付いて目を吊《つ》り上《あ》げる。

「ちょっ、恵美ちゃん⁉　何を撮ってるわけ⁉」

「おっとバレちゃった。どうぞ私なんかにはおかまいなくー」

「逃げるなこらぁ！　そのスマホをよこしなさい……！」

迅速に撤退する恵美佳のことを、小雪は全速力で追いかけていった。

遠くの方で「廊下を走るな！」なんて岩谷先生の怒号が聞こえてくる。

それを見送って、直哉は大きくため息をこぼすのだ。

「これで小雪もある程度は吹っ切れたかなあ……」

「おそらくは」

相づちを打つのは、ずっとギャラリーに徹していた朔夜だ。

すすっと近付いてきたかと思えば、表情を変えないままキランと眼鏡《めがね》を光らせる。

「ところでお義兄《にい》様。私、最近タスク管理の本を読んで勉強しているの。茜屋《あかねや》先生で実践する前に、恋愛相談所で修行してもいい？」

「お願いするよ。予約システムにして、一日に捌《さば》く数を減らそう」

「うん。私もその方がいいと思う」

朔夜はうんうんとうなずく。

そうして、こてんと首をかしげてみせた。

「でも、お姉ちゃんったらどうして相談窓口に来たんだろ。お義兄様にあんな相談を持ちかけたら、衆人観衆の前で丸裸にされるのは分かりきっているのに」

「それは簡単だぞ、朔夜ちゃん」

巽も近付いてきて、朔夜の肩をぽんっと叩く。

真正面からきっぱりと言い放つことには――。

「そういうプレイだ」

「なるほど、プレイ。納得です」

ライブ中の観客めいて、勢いよく首を縦に振る朔夜だった。

あえて否定することでもないので、直哉は「次の方、どうぞー」と廊下へ呼びかけた。

こうして恋愛相談窓口は粛々と再開されたのだが、並んでいた女子たちは苦笑を交わす。

「……笹原くんに頼るのもほどほどにしとこっか」

「そうだねえ……大事な時期みたいだし」

こうして、相談所の人気はいったん落ち着くことになった。

以降は朔夜が予約を管理してくれて、一日の人数を絞り——。

「はあ？　そんな男はやめておきなさい。約束をすっぽかして他の女子と遊ぶなんて、どう考えても不誠実だわ」

「で、でも、優しいところもあるし……」

「絶対ダメよ！　あなたみたいないい子なら、もっと相応《ふさわ》しい男がいるはずだもの！」

「あのさ、小雪。俺にもちょっとはしゃべらせてくれよ」

小雪が監督役として直哉の隣に座るようになったので、多少は学校での距離が縮まったのだった。

二章　許嫁（仮）

こうして、直哉《なおや》と小雪《こゆき》はじわじわと距離を縮めていった。

もともと付き合う前の距離感を取り戻したとも言える。

恋愛相談窓口を切り盛りしたり、ふたりでどこかに出かけたり。

付き合いはじめて一ヶ月が経《た》つころにもなれば、小雪も少しずつ慣れていった。

手を繋《つな》いだ拍子なんかに『そっか、付き合っているのよね……』と意識しつつも、そのむず痒《がゆ》さを楽しむ余裕も生まれつつある。

そんな、甘々ゆったりとしたある日のこと。

ふたりは休日を利用して最寄りの空港を訪れていた。少し足を延ばしてデートに臨んだわけでもなく、まして飛行機に乗ってハネムーンに飛ぶわけでもない。

今日は、小雪の許嫁《いいなずけ》（仮）がとうとう日本にやって来る日なのだ。

「直哉くん……！」

国際線の出口から現れるや否《いな》や、ハワードがこちらにまっすぐ駆け寄ってきた。

先日の旅行を終えてすぐ海外出張に向かったため、会うのは一ヶ月ぶりだ。直哉のことを息子と呼んで憚《はばか》らない彼は、久々に会うと満面の笑みでお土産《みやげ》を渡してくれるのが常だった。

しかし、今日ばかりは勝手が違っていた。

ハワードは直哉の両肩をがしっと摑《つか》み、真剣な顔で続ける。

「色々と言いたいことはあるが……今回はどうか穏便に済ませてほしい！」

「お義父《とう》さんは、俺《おれ》を何だと思ってるんですか？」

基本は『信頼できる義理の息子』だが、今は『あいつの息子だし容赦なく無双するんだろうな……』という辟易《へきえき》とした気持ちが読み取れた。

直哉は彼をどうどうと宥《なだ》めつつ背後のゲートを見やる。

「例の許嫁とは一緒に来日したんですよね。入国審査ですか？」

「ああ……今日は少し混んでいるようだ」

ゲートから出てくる人々の中に、それらしき人影は見当たらない。

ハワードはげっそりとした様子でかぶりを振って頭を下げる。

「きみが小雪のことを大事に思ってくれているのはよーく知っている。だが、あの子も私のよく知る家のお子さんなんだ。どうか手加減してやってくれないだろうか……」

「無理よ、パパ。直哉くんったら殺《や》る気満々なんだもの。その婚約者とやらの命運は尽きたものだと思って諦《あきら》めてちょうだい」

「そんな……！　こんな異国の地で再起不能になったとあれば、親御さんに申し訳が立たん……！」

「お義父さんも小雪も、いったいどっちの味方なんだよ」

あまりの言われように、さすがの直哉も天井《てんじょう》を仰《あお》ぐしかなかった。

白金《しろがね》家での認識がひょんなことから浮《う》き彫《ぼ》りとなった。元々分かっていたものの。

小雪はやれやれと肩をすくめてみせる。

「だって誰《だれ》の目から見ても死亡フラグなのは明らかなんだもの。さすがに同情するってもんでしょ。うちのお爺《じい》ちゃんに、無理やり日本まで送られた被害者なんだし」

「いや……日本への留学は元々希望していたらしい」

「へ？　そうなの？」

苦虫をかみつぶしたようなハワードの説明によると、どうやらその許嫁（仮）とやらは元々語学留学を予定していたようだ。日本文化にも造詣《ぞうけい》が深く、日本語も堪能らしい。

「なかなかの好青年でなあ、うちの父も前々から気に入っていたんだ。それで、私から直哉くんの話を聞いて『それならあいつを婿《むこ》にした方が絶対にいい！』と思い立ったとか何とか……で、留学の手配から何から全部引き受けたそうな」

「凄《すさ》まじい決断力と実行力ね……その英国好青年とやらは断ったりしなかったわけ？」

「一応乗り気ではいるようだが……」

ハワードは国際線のゲートをちらりと見やる。

まだその好青年とやらは現れないが、人の流れは落ち着きつつある。そろそろ入国審査を終えてもおかしくない頃合《ころあ》いだ。

ハワードは疲れ果てたように肩を落とす。

「うちの父から小雪の話を聞いて、彼も興味を持ってくれたらしい。同い年というのもポイントだったようで……とはいえ日本に来るまでの間、私も必死に説得したんだがなあ……。まったく気は変わらなかった。嘆かわしいことだ」

「俺を見てため息をこぼさないでください、お義父さん」

直哉はツッコミを入れつつも、あごに手を当てて「ふむ」と考え込む。

「でも、嬉《うれ》しい誤算です。その許嫁（仮）とやらが日本語をしゃべれるなら、攻略がぐんと楽になりますから」

「言語が通じなくても、なんとかなったと言いたげだな……」

「そりゃまあ、言語の壁くらいどうってことないと思うわよ。最近はうちのすーちゃんとも意思疎通できちゃうし」

「これ以上ホースケの奴に似るのはやめてほしいんだがなあ……」

ますますげっそりするハワードだった。

ちなみに直哉の父の法介《ほうすけ》も、夏の旅行を終えてすぐ出張に出ていた。

しかしこちらもまたそろそろ帰国する予定である。

それをこの場でハワードに教えるのはやめておく。法介に会いたくないあまり、イギリスにとんぼ返りするのが目に見えていたからだ。

どうやらまた海外で出くわして、壮大な事件に巻き込まれてしまったらしい。

「それよりお義父さん、早く駅に向かった方がいいんじゃないですか？　仕事の予定が詰まってるんですよね」

「そ、その通りだが。何で知ってるのか、とか聞くのは野暮《やぼ》なんだよな……」

「この場は私に任せて、パパ。どうにかこの人の手綱を握ってみせるから」

「頼むぞ、小雪……！　彼のマンションはここだから、とりあえず案内してやってくれ！　くれぐれも穏便にな！」

ハワードは小雪にメモを手渡して、慌ただしく去って行った。

父を見送ってからその紙片に目を落とし、小雪はがっくりと肩を落とす。

「謀《はか》ったように我が家から近いわね……お爺ちゃんが手配したのかしら」

「十中八九そうだろうなあ。そのお爺さんご本人は来月来るんだっけ？」

「そうよ、外せない用事があるんですって。できたら早く来てほしいんだけど……直哉くんに会わせれば、一発で気に入るのは間違いないんだから」

「ははは、いくらなんでも俺を買《か》い被《かぶ》りすぎだって。遠く離れて暮らす可愛《かわい》い孫のことだし、お爺さんもおいそれと……あっ」

笑い飛ばそうとした直哉だが、ハッと気付いて真顔になる。

「なるほど……そんなお爺さんなら、三分くらいで落とせる自信があるな、俺」

「解説を挟む前に察しないでよ。その通りだと思うけど」

小雪はジト目を直哉に向ける。

ハワードの生家は、かつては貴族として名を連ねるような名家だったらしい。

そんな家の跡継ぎたるハワードが、日本人の女性と結婚したいと言い出した。

同じく良家の女性と結婚させたかったらしい父親はそれに激怒して、ふたりは喧嘩《けんか》別れ。勘当されたハワードはそのまま日本にやってきて白金家へ婿入りしたという。

日本とイギリス。

遠く離れた地ゆえ、親子の断絶は長く続くものかと思われたものの――。

「ほんっと、今でも語り草よ……生まれたばかりの私の写真を送った次の月、大量のベビーグッズを持って謝りに来たっていうんだもん」

「血筋だよなあ……」

どうやら勘当を言い渡したはいいものの、ずっと後悔していたらしい。

それが初孫誕生で爆発《ばくはつ》し、今では小雪の母・美空《みそら》とも良好な関係を築いている。

揉《も》めたはずの跡継ぎ問題もなあなあになったという。

「つまり、お爺さんにとってそれだけ小雪が大事なんだな」

「だからって勝手に許嫁を宛《あて》がう？　まったくいい迷惑だわ」

小雪はげんなりと肩を落とす。

しかし、ふといいことを思い付いたとばかりに口角を持ち上げてみせた。

「ああでも……これから来るのは英国の好青年なんだっけ。もしそっちの彼が本当にいい人なら、こんな変人から乗り換えるっていうのも悪くはないわね」

「それはないな。だって小雪は俺のこと大好きだし」

「なあっ⁉」

挑発にマジレスを返せば、小雪の顔は真《ま》っ赤《か》に染まる。

たとえどんなイケメンが来たところで、小雪の心は変わらない。

それが分かっているからこそ、直哉は降ってわいた許嫁（仮）話にもまったく焦《あせ》ったりしなかったのだ。

あわあわする小雪の肩をぽんっと叩《たた》く。

「それに……小雪はもう、俺レベルの変人じゃないと満足できない体になってるだろ」

「ひ、人をゲテモノ好きみたいに言わないでよ⁉」

「でも最近、俺以外の人と話してて『けっこう説明の手間がかかるのね……？』って違和感覚えることが多いだろ。俺だったら即座に察して相づち打つからさ」

「そういえばそんなこともあるけど……あれってあなたと付き合ってる副作用だったの⁉」

ガーンとショックを受ける小雪だった。

直哉は直哉で、自分の好きな子がますます自分色に染まっているので嬉しいばかりだ。小雪の顔を覗き込んでにっこりと笑う。

「ま、そういうわけだからさ。今さら当て馬なんかじゃ俺たちの絆《きずな》は揺らがないよ、安心してくれ」

「いや、私はちょっと考え直したいわね……」

小雪は真剣な顔でぐいぐいと直哉を押し返す。

そんなふうにして、イチャイチャしていた——そのときだった。

「きみがコユキさんだね？」

「へ？」

ふたり揃《そろ》って振り返れば、そこに立っていたのは絵に描いたような美少年だった。

癖《くせ》一つない金髪を短く切りそろえ、青空のように澄んだ瞳《ひとみ》でこちらをまっすぐ見つめている。甘いマスクに微笑をたたえ、上質なスーツを完璧《かんぺき》に着こなしている。

通りかかる老若男女が思わず振り返るほどのルックスである。

彼は直哉を完全に無視し、小雪に右手を差し伸べた。

「初めまして、アーサー・グレイブスだ。これから末永くよろしく」

「……あの、先に言っておくわね。色々とごめんなさい」

小雪は苦渋《くじゅう》に満ちた面持ちで、一応その手を握り返した。

アーサーは爽《さわ》やかに笑みを深めてみせる。

握った小雪の手に、キスを落とそうとするのだが――。

「写真は拝見していたが、実際はその何倍もお美しい。お会いできて光栄で――」

「はい、そこまで」

そこで直哉が割って入った。

ふたりの手をすぱっと断ち切って、小雪を背中に庇《かば》う。

そうしてアーサーを真っ向から睨《にら》みつけた。

「悪いけどここは日本なんだ。挨拶《あいさつ》の握手は認めても、キスはダメだ。それは彼氏である俺の特権だからな」

「な、直哉くん……⁉　こんな場所で恥ずかしいことを口走らないでくれる⁉」

背後の小雪が真っ赤な顔であたふたするのが手に取るように分かったが、直哉は相手から視線を外さなかった。

するとアーサーは笑みを取り払い、顔をしかめてみせる。

「ふん、きみが例のボーイフレンドか。ハワードさんはずいぶん買っているようだったが……」

直哉の頭から爪先《つまさき》までをじろじろと見つめてから、小馬鹿《こばか》にするように鼻で笑う。

「拍子抜けだな。コユキさんの隣に並ぶには、あまりにも貧相じゃないか。コユキさんにきみは相応《ふさわ》しくない」

「まあ、俺には過ぎた彼女だとは思うけど」

素直に納得する直哉であったが――。

「むかっ……！」

小雪はそれにカチーンときたらしい。

直哉を押しのけて、アーサーにびしっと人差し指を向ける。

「あなたいったい何様のつもり？　この人は私の彼氏なの。つまり、私が選んだ玩具《おもちゃ》なのよ。私のセンスに文句があるって言いたいわけ？」

「素直に『大好きな直哉くんを貶《けな》されて黙っていられるわけないでしょ！』って言えばいいのに」

「やかましい！　味方の背中を撃つんじゃないわよ！」

啖呵《たんか》を切った勢いのまま、小雪は直哉に食ってかかる。

それを見て、アーサーは大仰《おおぎょう》なポーズで肩をすくめてみせるのだ。

「はっ、それが噂《うわさ》のホームズもどきの読心術かい？　心を読むなんて、今どき素人《しろうと》手品師でもできる芸当だろう。その程度で得意になるなんて底が浅いにもほどがあるな」

「そ、『その程度』ですってぇ……!?　わ、私がいつもどれだけ苦しめられているかも知らないで……！」

小雪のボルテージがどんどん上がっていった。

メラメラと燃える目には許嫁（仮）への憐《あわ》れみなどカケラもない。

ただ潰《つぶ》す、という確固たる意志を持ってして小雪は処刑宣告を下す。

「こうなったら仕方ないわ！　直哉くん、やっておしまいなさい！」

「悪役のセリフだぞ、それ」

直哉は苦笑しつつもアーサーに向き直る。

お許しが出たのなら、さくっと仕留めるだけである。

相手が先ほど直哉にしたように、こちらもじーっと見つめてみる。

「うーん、そうだなあ。日本語かなり上手《うま》いけど、どうして勉強したんだ？　他にもいろんな言語があるのにさ」

「昔テレビで日本の番組を見てね。この国の文化に感銘を受けたのさ」

アーサーは前髪をかき上げてキザったらしく言う。

「四季折々を感じる行事の数々に、全国各地に存在する寺社仏閣《ぶっかく》……おまけに食も充実している。これほどまでに興味をそそられる国は他にはなかったんだ」

「なるほどなー」

もっともらしい言葉の数々に、直哉はうんうんとうなずいた。

そうして小雪を振り返り、一連の台詞《せりふ》を翻訳する。

「こいつオタクだ。翻訳版が出る前に漫画とかラノベを堪能したいから、日本語を勉強したんだよ」

「はぁ⁉」

「しかも好きなジャンルはコテコテの純愛ラブコメ」

「あら、意外。少年漫画とかじゃないんだ」

へえーと相槌《あいづち》を打つ小雪である。

一方、アーサーは真っ赤な顔で吼《ほ》え掛かった。

「で、デタラメを言うな！　この僕がそんな品性に欠けたものを読むわけがないだろう！」

「うんうん、分かるよ。不器用なヒロインが一生懸命に作ってくれたお弁当とかを、実際に見てみたいんだよな。ちなみに俺は小雪の弁当を食べたことがある」

「なっ……！　まさか、噂《うわさ》のタマゴヤキが入っていたりするのか……⁉」

「もちろん。しかもやや焦げの一品だ」

「なんだって！　マンガで読んだ通りじゃな……あっ」

「マウント取りつつ誘導尋問とは恐れ入るわ……」

青ざめるアーサーを横目に、小雪はジト目でぼやく。

けしかけておいて、その容赦のなさに呆《あき》れているらしい。

ピリピリした緊張の糸はぷつんと切れて、三人の間に流れる空気はゆるんでしまう。

アーサーも最初の勢いはどこへやら、薄気味悪そうな目を直哉に向けた。

「こうなったらもう否定はしないが……いったいどういう仕組みなんだ？　メンタリズムというのはたしか、会話を重ねる中で相手の反応を分析するものだろう。どうして初手からあれこれ分かるんだ」

「いやあ、だってあそこに貼《は》られてるアニメのポスターに視線が何度か行ってたし。ちょっと見てれば分かるもんだろ」

視線というのは何よりも素直に物を言う。

それを観察すると、その人のことは八割方読めるものなのだ。直哉にとってはの話だが。

「そういうわけで、俺にはどんな虚勢も嘘《うそ》も通用しない。覚悟してくれよな」

「くっ……な、なかなかやるようだな」

直哉がニヤリと笑うと、アーサーは怖気付《おじけづ》いたように後ずさる。

手強《てごわ》いはずの刺客は、すでに丸裸寸前だ。

それに気を良くしつつ、直哉は彼の背後を指し示す。

「ついでにもうひとつ指摘するなら……あっち」

「うん……？」

国際線のゲートがあるため、あたりを行き交う人の数は非常に多い。

みなスーツケースを手にして足早に歩いている。そんな人々の中、一風変わった人物が柱の陰からこちらを覗《のぞ》いていた。

「へ……えっ⁉」

アーサーが振り返ると同時、その人物は小さく悲鳴を上げる。

頭をストールで覆《おお》い、サングラスをかけた小柄な少女だ。

どこからどう見ても不審者だが、直哉はあっさりとその正体を見抜く。

「あそこにいる子、あんたの妹さんだろ？」

「はあ……？　そんなわけが――」

「あわわっ⁉」

少女が慌てた末に、ストールとサングラスを取り落とす。

あらわになるのは豊かな金の髪と、深紅《しんく》の瞳。

肌も透けるように白く、精巧《せいこう》な人形を思わせる。アーサーも人目を引く容姿だが、彼女も
彼女でかなりの美少女だ。

おかげでアーサーがぎょっとして叫ぶ。

「クレア⁉」

「うっ……に、兄様……」

少女は気まずそうに目を逸《そ》らす。

やはり妹で当たりだったらしい。

納得する直哉をよそに、小雪はきょとんと首をかしげてみせる。

「えっ、妹さんも一緒に留学するの？　初耳なんだけど」

「そ、そんなはずはない！　妹はイギリスに残ったはずなんだ！」

アーサーはうろたえつつも、クレアと呼んだ少女のもとへと駆けていく。

直哉らもひとまずそれを追いかけた。

クレアは観念したのか、逃げようとはしなかった。ただおどおどするばかりで、アーサーと目を合わせようともしない。

「クレア、どうしてここにいるんだ」

「っ……そ、それは……その」

クレアは冷や汗を流してか細い声を絞り出す。

その目には薄い涙の膜が張っていて、今にも決壊しそうだった。しかし彼女は覚悟を決めるようにして小さく息を呑《の》んでから——すっと背筋を正してみせた。

一瞬で凛とした面持ちを作り、澄まして言う。

「この度、わたくしも日本に留学することになりましたの。兄様ひとりでは何かと不安ですから」

「なっ……！　き、聞いていないぞ!?　父さんは知っているのか！」

「知らないと思いますね。お母様に頼んで、こっそり協力していただきましたので」

「なんでこっそりなんだ⁉」

アーサーは完全に言葉を失って、顔色も真っ青《さお》だ。

異国の地で身内と遭遇《そうぐう》したら、うろたえるのも当然なのだが――。

(へえ……?)

その動揺ぶりから『あること』を読み取って、直哉はこっそりとあごに手を当てる。

そんな中、きりりとした面持ちのままクレアは小雪に向き直る。スカートの端をちょこんとつまんでするお辞儀は、非常に洗練されていた。

「初めまして、コユキ様。アーサーの妹でクレアと申します。以後、お見知り置きを」

「は、はあ……よろしくね?」

小雪は戸惑い気味にぺこりと頭を下げる。

その真横で直哉はくすりと笑うのだ。

「あはは、小雪よりも完成されたクール系美少女って感じだな」

「どういう意味よ、それ。ていうか、彼女の前で他の女の子を褒めるのはどうかと思うわよ」

小雪がじろりと睨みを利《き》かす。

それを見て、クレアはほんのわずかな笑みを浮かべてみせた。

「あなたがコユキ様のボーイフレンドですわね。ナオヤ様、と言いましたっけ。お話はハワード様よりうかがっておりますわ」

「そうそう、よろしくな。クレアもアーサーと同じで日本語が上手いんだなあ」

「わたくしも兄様の影響で、日本のエンタメに親しんでおりましたので」

クレアは口元をそっと隠してささやかに笑う。

その様は深窓《しんそう》の令嬢と呼ぶにふさわしい所作だった。小雪もおもわず『こ、こんな感じかしら……』とこっそり真似《まね》するくらいには完璧だ。

しかし彼女はすぐにすっと笑みを取り払い、直哉のことを睨《ね》め付ける。

「先ほどは上手く兄様をやりこめたようですが……わたくしが来たからにはそうもいきませんわよ」

「へえ、クレアが俺の相手をするって？」

「その通り。ですが、わたくしもレディです。むやみに争うことはいたしません」

クレアは直哉にそっと歩み寄り、おもむろに腕へと抱き付いた。

ほんのり頰《ほお》を染めて、甘い声でささやきかける。

「ですからこう提案させていただきます。いかがでしょうか、ナオヤ様。コユキ様からわたくしに乗り換えてみるというのは」

「はあ⁉」

それに裏返った悲鳴を上げたのは直哉でも小雪でもなく、兄のアーサーだった。

今にもぶっ倒れそうな顔面蒼白《そうはく》で、おろおろと声を震わせる。

「何を言っているんだ、クレア……！　そんなのダメに決まっているだろう⁉」

「だって、兄様はコユキ様と一緒になりたいのでしょう？」

クレアはそれににっこりと笑顔を向ける。

穏やかな笑みではあるものの、どこか有無を言わせぬ圧があった。

見せつけるようにして直哉にぎゅうっと抱き付きながら淡々と続ける。

「兄の恋路を応援するのは、妹として当然のことですわ。お邪魔虫のナオヤ様はわたくしが引き受けますので、お兄様はコユキ様とどうかお幸せに」

「そ、そんなことをしてもらう必要はない！　僕がナオヤを倒すから……だから、きみは早くそいつから離れるんだ！　後生だから！」

アーサーは頭を抱えて叫ぶ。もはや小憎たらしい当て馬の面影は見る影もなかった。

それをクレアは華麗に無視して、直哉に艶然《えんぜん》と笑いかける。

「ナオヤ様ってば、案外可愛らしいお顔立ちですのね。兄様をやり込めたところを見るに、頭もそこそこ冴《さ》えるのでしょう？　わたくしの夫になるのに不足はありませんわ」

「ふっふっふ。ダメよ、クレアさん」

小雪は不敵な笑みを浮かべて人差し指を振る。

最愛の彼氏に粉をかける美少女なんて、排除すべき敵となるに違いない。

今のような肉体的接触なんて最悪だろう。仁義なき戦いの幕は落ちる寸前だ。

だがしかし、小雪は余裕綽々《よゆうしゃくしゃく》だった。

先日の恋愛相談窓口が盛況になった際には、他の子に直哉を取られるんじゃないかとヤキモキしていた。だがあの頃から、小雪はしっかり成長しているのだ。

なぜなら直哉と一緒に相談窓口に座るようになって――。

『あの、笹原《ささはら》くん。もっと個人的に相談に乗ってもらいたいんだけど……もしよかったら、連絡先を交換し――』

『それはできない。俺がきみになびく可能性は一切《いっさい》ないから、新しい恋を探した方が建設的だ。それじゃ次のひと、どうぞー』

『あなた、本当に私以外には毛ほどの興味もないのね……』

モーションを仕掛ける女子生徒を直哉は毎度ばっさりと切り捨てていった。

それを間近で見た結果、分かりきっていたはずの事実を改めてしっかり確認してくれたらしい。

つまり、これは正妻の余裕である。

直哉にぺったり張り付いたクレアに、得意げに胸を張ってみせる。

「その人は出会ったときからずーっと私に骨抜きなの。他の女の子になんて、一度も目移りしたことないんだから。そうよねえ、直哉く……直哉くん？」

小雪はふと直哉のことを見やる。

反応がなかったため、少し気になったらしい。

とはいえそれも仕方ない。

「お、おう……そうだな……」

直哉は赤くなった顔を、クレアから背《そむ》けるのに必死だったからだ。

「っっ、タイム！」

小雪はクレアを引っぺがし、即座に両手でTの字を作った。

痴情のもつれに、そんなルールが適用されるのかは不明だが。

ともかく鬼の形相をした小雪によって、直哉はずりずりと隅まで引きずられていく。

壁にだんっと押しつけられて、いわゆる壁ドンの形となった。ラブコメ展開ではなく、恫喝《どうかつ》に近い。

小雪は低い声で凄《すご》む。

「せめてもの情けよ。遺言があるなら聞いてあげるわ」

「ご、誤解だって。小雪が心配するようなことは何もないからさ」

「女の子から色目を使われて、彼氏が真っ赤になって……これのどこが問題ないのよ！　言い訳のしようもない重罪でしょうが！」

小雪は目を吊り上げて吼《ほ》える。

しかしそうかと思えばすぐにしゅんっと眉《まゆ》を下げ、後ろを向いてふて腐れてしまうのだ。

「ふんだ、直哉くんは絶対そういうのに引っかからないって思ってたのに見損なったわ。あれ、でも……ギャルモードの恵美ちゃんには平然としてたわよね？　はっ、まさかクール系美少女ならなんでもいいわけ⁉」

「それはあるかもしれないけど、俺が好きなのはクール（笑）系ポンコツ美少女の小雪だからなあ。あの子は全然タイプじゃないよ」

「だったらさっきのは何なのよ！」

「いやあ、だってあのふたり……」

直哉はそっと、遠くのアーサーたちを指し示す。

おろおろする兄と、つんと澄ました妹。

どこからどう見てもあれは――。

「明らかに、両片思いの義兄妹じゃん……なんか見てるこっちが恥ずかしくなっちゃって」

「…………はい？」

小雪はきょとんとして目を瞬《またた》かせる。

額を押さえてじーっと考え込んでから、おずおずと問い返した。

「えっ、今なんて……？」

「両片想いの義兄妹」

「急展開にもほどがあるんだけど⁉」

よほど衝撃だったのか、小雪は大声を上げて通行人の注目を集めてしまった。

咳払《せきばら》いをして取り繕って、ひとまず物陰からアーサーらの様子をじーっとうかがう。

しかし結局は小首をかしげて唸《うな》ってみせた。

「ほんとにあのふたり、血は繋がってないの……？　どう見てもそっくりなんだけど」

「そうかなあ。目の辺りとか全然似てないじゃん」

「それは直哉くんとか法介おじ様だけだと思うわよ。外国の人はみんな似て見えるっていうか……」

「小雪も一応ハーフなのになあ」

「一応って何よ、一応って」

小雪はムッと眉をひそめ、己《おのれ》のことをびしっと指し示す。

「ちゃんとハイブリッド美少女ですけど何か。日本と海外のいいとこ取りなんだから」

「でも小雪、英語はしゃべれないじゃん。ちゃんと分かるのは機内食の『ビーフオアチキン？』くらいのもんだから、毎度聞かれる度にドヤ顔で答えるんだろ」

「な、なんでそれを知って――いいえ、脱線したわ。あのふたりの話よね」

無理やり話を戻し、小雪は目を皿のようにしてふたりをじーっと観察する。

金髪碧眼《きんぱつへきがん》のアーサーに、金髪赤眼のクレア。

ぱっと見たときの違いといえば目の色くらいのものだが、直哉からしてみればどのパーツにも類似点は存在しない。

やがて小雪はふうっと息を吐き、疑わしげな目を直哉に向ける。

「まあ、百歩譲って義理の兄妹っていうのは認めるわ。でも、それだけで両片思いっていうのは飛躍しすぎじゃないの？　ただの仲のいい兄妹じゃない」

「それも見れば分かるとしか言えないしなあ」

「だーかーら、それはあなたとおじ様だけだってば」

呆れたように肩をすくめる小雪である。

しかしすぐに気を取り直したようにして、あごに手を当てながら考え込む。

「でも……そこまで言うなら、ちゃんと観察してみようかしら」

「おっ、それじゃあ俺も協力するよ」

そんなこんなで話はまとまり、アーサーらの元へと戻ることになった。

小雪はにっこりとよそ行きの笑顔を浮かべてみせる。

「お待たせしたわね。時間をくれて感謝するわ」

「いや、それは別にかまわないんだが……」

それに、アーサーはしどろもどろでかぶりを振る。

直哉たちが作戦会議に費やした時間は数分程度だが、その間ですっかりアーサーは疲弊して、クレアはぷいっとそっぽを向いてしまっていた。

兄妹の話し合いがいかに難航しているかがよく分かる。

アーサーは困り果てたとばかりに、軽く頭を下げてみせた。

「すまない、コユキさんからもクレアに言ってやってくれないか。故郷に帰れって」

「そうねえ……」

小雪はそこでちらっと直哉を見やる。

視線で『ちょっとカマを掛けてみてもいい？』と聞かれたので『もちろん』とうなずく。

それだけのやり取りで作戦は決まった。

アーサーはそんなこともつゆ知らず、小雪に縋《すが》るように訴える。

「ほ、ほら、そのうち僕に取って代わられるとはいえ……今のコユキさんは、ナオヤが好きなんだろう？　クレアが彼に猛アタックを仕掛けるというのは面白《おもしろ》くないはずだ」

「うん。それはたしかにそうなんだけど……」

小雪は考え込むそぶりをしてから、にっこりと笑う。

「クレアさんも留学の手続きを済ませてあるんでしょ。だったら無碍《むげ》に追い返すなんて酷《ひど》いじゃないかしら？」

「は……!?」

「せっかく遠路はるばる日本に来てくれたんですもの。歓迎するわ、クレアさん」

「えっ、えっ……？」

言葉を失うアーサーを無視し、小雪はくるりとクレアに向き直る。

先ほどの一触即発から一転、小雪の変わりようにクレアは困惑気味だ。

そんな彼女へ小雪が笑顔で言い放つのは、真っ向からの宣戦布告だった。

「直哉くんを落とそうっていうのなら、やってみるといいわ。私、売られた喧嘩《けんか》は買う方なの」

「えっ……そ、それってどういう……」

「ふふん、そんなの決まってるでしょ」

小雪は不敵に笑ってみせて、直哉の腕にするりと抱きつく。そこまでは先ほどのクレアと同じことだ。だがしかし、小雪はさらにここから――。

ちゅっ。

「なっ⁉」

直哉の頬に軽いキスをしてみせた。

ほんの一瞬、しかも触れるようなキスである。

それでも平時の小雪から考えればあまりにも大胆な行動だった。

いつもならこんな大胆なことはできないだろうが、当人がイタズラを仕掛ける気持ち満々のため可能となったらしい。それでも頬はほんのり真っ赤に染まっていた。

（シンプルに役得……！）

押し付けられた胸の柔らかさも、唇の瑞々《みずみず》しさも、たいへんによろしい。

幸せを噛み締《かし》める直哉をよそに、小雪はいたずらっぽく言ってのける。

「私と直哉くんを取り合うんでしょ？　だったらこれくらい仕掛けてもらわないと話にならないわよ」

「うん、俺も両手に花だし大歓迎だ」

直哉もそれに乗っかって、クレアににっこりと笑う。

すると彼女は少したじろいだものの、気丈にもキリッとしてみせる。

「えっ……え、ええ、そうですわね。もちろんです。やってやりますわ」

そうして直哉のそばにおずおずと近付いてくる。

意を決したように顔を寄せてくるのだが——。

「だ、ダメだ……！」

「えっ」

アーサーがクレアの手を摑んで引き留めた。

きょとんとする彼女に、血相を変えて叫ぶ。

「他の男に、おまえの唇を奪われてたまるか……！」

「にい、さま……？」

クレアの顔がさっと赤く染まる。

しばしふたりは黙ったままで見つめ合い——アーサーがハッとして彼女の手を放して距離

を取った。ごほんと咳払いをして取り繕う。

「あ、ああいや、淑女たるもの、初対面の男に唇を寄せるなど言語道断。そういうことが言いたかったんだ。うん」

「……そうですか」

クレアはそんな兄から視線を逸らし、小さくため息をこぼす。

その横顔に浮かび上がるのは、どこからどう見ても落胆の色で——それをじーっと見つめて、小雪はまた両手でTの字を作ってみせた。

「タイム！」

「えっ、またかい……？」

「日本にはそういう文化がありますの……？　慎重な日本人らしいですわね」

顔を見合わせるふたりをよそに、小雪はまた直哉を引っ張って行った。

そうして十分距離を取ってから、ぱっと顔を輝かせる。

「ほんとにあのふたり……両片想いってやつだわ！」

「ほら、言った通りだっただろ？」

あそこまであからさまだと、さすがの小雪も気付くらしい。

直哉はあごに手を当てて、遠目にふたりの様子をうかがう。

彼らの距離感や言葉のイントネーションから読み取れるのは——。

「両親が再婚して、十年くらい前に兄妹になったと見たな。昔からずっと仲のいい兄妹だったけど、成長するにつれて互いを異性として意識するようになったんだ。それで、お互いの気持ちには気付いていないってわけ」

「はわわ……漫画みたいな恋模様だわ！　キュンキュンする……うん？」

口元に手を当てて、小雪は顔を赤らめる。

しかしすぐに目を瞬かせるのだ。あごに手を当てて考え込む。

「ちょっと待って。だったらアーサーくん、どうして私の許嫁に立候補したわけ？　好きな子がいるっていうのに、そんなのおかしいじゃない」

「そりゃあれだ、葛藤の結果だよ」

直哉はあっさりと断言する。

自分が好きになってしまったのは、一緒に育った妹だ。

血が繋がっていないとはいえ、想《おも》いを寄せるのは不適切……それは思い悩んだのだ。

「遠く離れた地に行けば、妹への思いを断ち切れるかもしれないだろ？」

「つまり私をダシにしてあの子から逃げたってわけ……？　それはちょっと面白くないわね……」

「まあ、結局クレアがヤキモチ焼いて押し掛けてきたわけだし、その目論見《もくろみ》は外れたんだけどな」

「で、クレアさんはクレアさんで、当てつけに直哉くんにちょっかいを……？　つくづくラブコメね」

　ふたりの様子を盗み見て、しみじみする小雪である。

（俺たちもそれなりに濃厚なラブコメしてるんだけどなあ……）

　完全に自分のことは棚に上げている模様。

　ともかく、現状はそういうわけだ。

「で、俺としてはあのふたりをくっ付けるのが一番手っ取り早いと思うんだけど。小雪はどう思う？」

「っ……直哉くんにしてはいい考えじゃない！」

　小雪は目をキラキラさせる。

　ぐっと力強くガッツポーズまで取るあたり、相当お気に召してくれたらしい。

「悩める少年少女がめでたくカップルになって、許嫁の話も自然消滅！　みんなが幸せになる素敵な作戦だわ！」

「あはは、だろ？」

　直哉は朗らかに笑う。

　小雪の言う通り、ハッピーエンド待ったなしの展開である。

　だから片手を軽く上げ、アーサーたちの元まで戻ろうとするのだが――。

「そういうわけだから、パパッと済ませてくるよ」

「パパッと……？　いったいどうするつもり？」

「えっ、そんなの当然ひとつしかないじゃん」

訝《いぶか》しげな小雪に、直哉はにっこり爽やかに笑って告げる。

「『おまえら両想いだから付き合えよ』って言ってくるんだよ」

「ステイ！　ステイよ直哉くん！」

一歩踏み出したところで、血相を変えた小雪に引き止められてしまった。

先ほどまでのキラキラした表情から一転、引きつった真顔で直哉を睨み付《つ》ける。

「それだけは絶対にやめなさい……！　あなた人の心ってものを知らないわけ⁉」

「逆に聞くけど、俺がそんなの配慮すると思うか？」

「す、するわけないか……今のは愚問だったわ」

小雪は頭を抱えてしまう。理解していただいているようで何よりだった。

それに、直哉は肩をすくめてみせるのだ。

「あのふたりがくっつけば万々歳なんだろ。その近道は、俺がずばっと指摘すること。何を躊躇《ためら》うっていうんだよ」

「それはそうかもしれないけど……」

小雪はアーサーとクレアのふたりを――特にクレアをじっと見つめる。

その目には色濃い共感の色が浮かんでいた。

「こんな異国の地まで、あの子はたったひとりで好きなひとを追いかけてきたわけでしょ。そんないじらしい恋心……守ってあげたいって思うのが人情ってものよ」

「でも俺はとっととこいつらの一件を片付けて、小雪とイチャイチャしたいんだけど」

「曇りのない眼で言うな！　あとで好きなだけ相手してあげるから、強攻策は絶対ダメ！　分かった⁉」

「はーい。言質取ったぞ」

「……さてはそれが目的だったのね？」

「何のことだか」

小雪がジト目を向けてくるが、直哉は爽やかな笑みを返しておく。

もちろん、狙《ねら》い通りの展開だ。

それはともかくとして、直哉は苦笑を浮かべてかぶりを振る。

「でもまあ、早く片付けたいのは本当なんだよ。あいつにその気がなくたって、小雪の許嫁なんて名乗られちゃ面白くないし」

本命がいようがいまいが、そんなことは関係ない。

そんな肩書きを名乗っていいのは、世界中でも直哉だけだ。

「小雪の隣は俺だけの特権だ。たとえ仮称だろうと、誰にも譲るつもりはないんだよ」

「な、直哉くん……」

小雪は胸の前で指を組んでじーんとする。

プロポーズにも似たまっすぐな言葉は、さぞかし心の深い部分に刺さったようだ。

そこに直哉は畳みかける。

「それに、クレアが俺に迫るのも、見てて面白くないだろ？　そっちもそっちでやめさせたいんだよなあ」

「むう……まあたしかに？　あなたみたいな地味なひとが、美少女に言い寄られていい気になっているのは見てて不愉快極《きわ》まりない光景ではあるけど？」

「『直哉くんがぽっと出の美少女に揺らがないのは知ってるけど……クーデレ属性がかぶってるんだもの！　早々に排除しなきゃ安眠できないわ……！』ってことだよな。分かってるよ」

淀《よど》みなく翻訳してから、小雪の肩をぽんっと叩いて直哉は切り出す。

「そういうわけだから……あいつらをくっつける前に、まずはアーサーに、許嫁の椅子から降りてもらおう」

「そ、そんなことができるわけ？」

「もちろん。簡単だよ」

空いた片手で人差し指をぴんっと立てて――秘策を一擲《いってき》する。

「イチャイチャすればいいんだ」

「……はい？」

「目を覆いたくなるほどにイチャイチャして、俺たちの仲を見せつけてやるんだよ」

「やっぱりイチャイチャしたいだけじゃないの！」

肩に置いた手をべしっとはたき落とされる。

小雪は目を吊り上げて怒るものの、直哉はいたって冷静だ。たしかにイチャイチャはしたいが、そればかりが理由ではない。

「この作戦が一番早いんだ。あいつらも一応は恋する身だろ。俺たちがいかに愛し合っているか、どれだけ強い絆で結ばれているのかを示せば、自分たちの個人的な事情で引っかき回すのは心苦しくなるはずだ」

「お、臆面《おくめん》もなくそういうことを言う……なんだか北風と太陽のお話みたいだけど、そんなに簡単にいくかしら」

「間違いなくいける。ほら、見てみろ」

遠くのアーサーたちへ、直哉は人差し指を向ける。

ふたたびふたりきりにされて、兄妹はピリピリした空気を漂わせていた。アーサーが
「まったく、どうして日本に来たんだ……コユキさんだけじゃなく、ハワードさんにも報告しないといけないじゃないか」

「お、お母様が今ごろ連絡してくださっているはずですわ。それよりコユキ様たち、大丈夫で

しょうか……なかなか戻っていらっしゃいませんが」

「……ひょっとしたら、僕たちの態度が気に障《さわ》ったのかもしれないな」

「うっ……たしかに初対面の方に失礼だったかもしれませんわね」

ふたりとも深刻そうな面持ちでずーんと沈み込む。

それを見守ってから、直哉はあっけらかんと言ってのける。

「あいつら嫌みキャラっぽく見えて、けっこう人がいいんだよ」

「血は繋がらなくても兄妹なのねえ……」

しみじみする小雪である。

嫌みキャラを貫き通せない彼らに自分を重ねてしまって親近感が湧いたらしい。

「な？　ちょっと押したらすぐ白旗を上げそうだろ」

「悔しいけど、直哉くんの言うとおりのようね……」

小雪も渋々ながらに首を縦に振る。

あいまいな返事ではあるものの、作戦の了承も同義だった。

直哉はあごに手を当てつつ計算する。

「俺の見立てだと、俺たちの平時のイチャイチャを百とすれば百三十くらいのイチャイチャで
あいつらが折れると見たな」

「急に何よその数値……でもいつもよりちょっと過剰にするだけなのね？」

「ちなみに周りの人間が『あのふたりラブラブだな……』って胸焼けしはじめる値が三だ」

「私たち、そんな目で周りから見られていたの⁉」

小雪は真っ赤な顔で叫び、あわててあたりを見回す。

案の定、周りの客たちの温かい目をいくつも確認して、ますます茹《ゆ》だって小さくなった。

しばし小雪は羞恥《しゅうち》にぷるぷると震えていたが――ふんっと鼻を鳴らして、堂々と胸を張る。

「ともかくいいわ、やってやろうじゃない。なんせ私は告白っていう一大イベントをクリアしたんですもの。それに比べれば、他のひとの前でイチャつくくらい朝飯前だわ」

「この前まで、恥ずかしいから学校で話しかけるなとか言ってた子の台詞とは思えないな」

「うるさい！　私は日々進化しているの！」

異論を封じ、小雪はびしっとアーサーらを指し示す。

「行くわよ、直哉くん！　私たちのイチャイチャで……当て馬兄妹を倒してやりましょう！」

「おう、全力で見せつけてやろうぜ！」

直哉もガッツポーズでそれに従った。

三章　先制攻撃

波乱に満ちた空港での出会いから、数時間後。

そこそこ大きなマンションの一室で、直哉《なおや》は山と積み上げられた段ボールと格闘していた。

窓の外は暮れつつあり、その下には民家や街灯の灯りがちかちかと輝く。

大きな段ボールのひとつを開くと、中には分厚い本がぎっしりと詰まっていた。すべて英語の本だ。ざっと冊数を確かめて、直哉は背後を振り返る。

「なあ。そこの本棚に、これ全部入っちゃいそうだけど」

「あ、ああ。それなら頼む」

「はいよー」

同じく開封作業に勤《いそ》しんでいたアーサーが手を止めて応える。

小雪《こゆき》の祖父が用意したという彼の下宿先は、小雪の家からほど近いマンションだった。

家具は備え付けだし部屋数もひとりで暮らすには多い。実家から送った荷物はすでに届いていて、今はふたりして荷ほどきに精を出しているというわけだ。

直哉は頼まれたとおりに本を詰め込んでいった。

さくさくと仕事を進めていけば、アーサーが近付いてきて怪訝《けげん》そうに唸《うな》ってみせる。

「きみは僕の家に来たことがあるのか……？　自室に並べていた通りなんだが」

「いやだって、アーサーってわりと几帳面《きちょうめん》な性格だろ。サイズ別で、さらに著者順に並べるんじゃないかと思ってさ」

「それなら、この隅にある辞書は何なんだ？　明らかに周りから浮いているだろう」

「だってそれ、中身は漫画だろ。重さが全然違うし」

「……部屋に上げるべき人間じゃないってことが、よーく分かったよ」

アーサーは渋い顔をして辞書を手に取る。

カバーを外して出てきたのは日本のコミックスだ。趣味がバレたからか、アーサーは開き直ってそのまま本棚に突っ込んでいった。

洋書の中に潜むパステルカラーの単行本は非常によく目立つ。

アーサーは深いため息をこぼしてみせた。

「手伝ってもらえるのはありがたいんだが……いいのか？　僕はきみの思い人である、コユキさんの許嫁《いいなずけ》だ。きみにとっては敵だろうに」

「いや、敵認定は取り消しだ。できたら友人として仲良くしてくれたら嬉《うれ》しいな」

「最初は闘志全開だったのに……？」

明るく右手を差し出す直哉に、アーサーは訝《いぶか》しげな目を送るだけだった。

もちろん、手を握り返すこともない。

しばしじーっと直哉を凝視してから、ハッと顔色を変えた。

「ま、まさかクレアを狙《ねら》っているのか⁉　絶対にダメだからな！」

「安心してくれって、俺《おれ》は小雪ひと筋だからさ」

「口では何とでも言えるだろう！」

直哉の差し出した手をばしっと叩《たた》き、アーサーは至近距離で睨《ね》め付ける。

その眼光は鷹《たか》のように鋭く、ヒリつくような殺気が迸《ほとばし》っていた。

「いいか、あの子がきみを誘惑したのは僕のためだ。くれぐれもいい気になるんじゃないぞ」

「あはは、大丈夫だって」

直哉はそれを朗らかに笑い飛ばす。

眼光も殺気も熾烈《しれつ》そのものだが、理由を知っているからこそほんわか和《なご》んでしまう。

気色《けしき》ばむアーサーに、直哉はあっさりと告げた。

「友達の好きな子に手を出す趣味もないしな」

「だから、きみの趣味なんて知らな…………うん？」

そこでアーサーが口を閉ざした。

目を丸く見開いて、直哉のことをじっと見つめる。

「友達の、好きな……子……だと？」

「うん。アーサーの好きな子。クレアだろ」

「……なっっああ⁉︎」

その瞬間、アーサーは奇妙な悲鳴を上げて飛びのいた。

部屋の壁に背中を付けて直哉から距離を取るものの、その顔は墜《お》ちる寸前のリンゴのように真《ま》っ赤《か》に染まっていた。震えた声で叫ぶ。

「なっ、何を言い出すんだきみは⁉︎　ふざけるのもいい加減にしろ！」

「俺はいたって本気なんだけどなあ」

直哉は肩をすくめつつ、アーサーが本棚に並べたコミックスに手を伸ばす。

よくあるラブコメものであり、直哉も読んだことがあった。血の繋《つな》がらない兄妹による淡い恋模様がテーマで、ヒロインはクーデレ系。

ぺらぺらとめくりながら、事もなげに続ける。

「この妹、クレアによく似てるもんなあ。だから愛読書なんだろ？」

「あ、愛読書なのは事実だが……クレアは何の関係もない！」

アーサーはそのコミックスをひったくるようにして奪い取った。

本棚にしまい直してから、ごほんと咳払《せきばら》いをする。

「漫画と現実の線引きはきっちりつけてほしいものだな。俺とクレアはただの兄妹だ。下衆《げす》な誤解はしないでくれ」

「そっかー」

直哉はそれに、ひとまずうんうんとうなずいておく。

取《と》り繕《つくろ》ってはいるものの、アーサーの顔の赤みはまったく引いてはいなかった。声だって上ずっているし、首の後ろをしきりにさすっている。

直哉でなくても分かるほどの狼狽《ろうばい》ぶりだ。

ただ――。

「妹を好きだなんて……あるはずないし、あってはならないんだ」

小声でぽつりとつぶやいた言葉には、あらゆる想《おも》いが詰まっていた。

それもまた紛《まぎ》れもなく、彼の本心だ。

（これはあれだな。まずは気持ちを認めさせるのが先か）

血が繋がらないとはいえ、妹は妹。

そんな相手を好きになる葛藤《かっとう》が如何《いか》なるものか、当人にしか分からないだろう。

（ま、最終的に選ぶのはこいつらだ。俺は何かあったときに手助けするだけにするかね）

このままでは「おまえら両思いだよ」と指摘しても拗《こじ》れるだけだ。

ゆくゆくくっつけるにしても、強行策はやはり避けた方が賢明だろう。

直哉もアーサーも黙り込み、部屋には静寂が落ちる。聞こえてくるのは道路を走る車の音。

そして――。

「ご飯の準備ができたわよー！　みんないらっしゃいな！」

そんな、小雪の明るい声である。

それでふたりの間に流れていた気まずい空気も霧散した。

互いに顔を見合わせてダイニングキッチンの方へと移動する。

部屋は広々としており、テーブルなどの真新しい家具がいくつも並んでいる。家具家電付きのマンションのため、荷ほどきを済ませればすぐに生活することができるのだ。

その隅には、いくつもの大きなレジ袋が積み上がっている。ここに来る道中、百円均一ショップなどで買い求めた日用品だ。

台所もコンロが三ツ口でピカピカのシステムキッチンである。

「ふんふんふーん♪」

そこに、小雪がエプロン姿で立っていた。鍋をかき混ぜて、小皿にすこし掬《すく》って味見。

直哉の隣でおっかなびっくり野菜の皮を剝《む》いていたころに比べれば、その所作はずいぶんと様になっていた。

「うん、こんなものかしらね。クレアさんも味見してみる？」

「いいんですか？」

テーブルにお皿や箸《はし》を並べていたクレアがぱっと顔を輝かせる。

もらった小皿に口を付け、小さく吐息をこぼした。

「これがオミソシル……優しいお味ですわね」

「ちょっと薄味にしてあるから、こっちで暮らすうちに好みの味を覚えてちょうだいね。それじゃクレアさんとアーサーくんはお皿の準備。直哉くんはこっちを手伝って」

「はいよ」

直哉は言われた通りに小雪の隣に並ぶ。

兄妹らはあたふたと皿を並べつつ言葉を交わす。

「で、おまえの荷物はいつ届くんだ？　大きい家だったからよかったものを……」

「明日の予定ですわ。くれぐれも勝手に開けちゃいけませんよ、下着なんかが入っていますからね」

「ばっ……誰《だれ》が開けるか！」

完全に同居ラブコメな会話が繰り広げられる。

そんな兄妹を横目に、直哉はそっと小雪に耳打ちした。

「よし、それじゃ打ち合わせ通りにな？」

「分かってるけど……本当にこんなので上手《うま》くいくのかしら」

小雪は顔をしかめて、真新しいお椀《わん》にお味噌汁《みそしる》をよそっていった。

ため息交じりにアーサーらを見やり、思案げにあごへ手を当てる。

「イチャイチャするだけで許嫁の話をナシにするなんて……もっと話し合いとか、建設的なやり方あるんじゃないかしら」

「でも、こっちのが一番手っ取り早いぞ」

色々と策は浮かぶものの、当人の気を変えるならこれが一番。

単にイチャイチャしたいのもあるが、最善手なのは本当だ。

直哉はニヤリと笑って胸を叩《たた》く。

「まあまあ俺《おれ》に任せとけって。夕飯を食べ終わるころには、あいつから許嫁の称号が外れてるはずだからさ」

「人心誘導のプロがそう言うのなら……まあ、一応乗ってあげようかしら」

小雪は不承不承といった面持ちながら、小さくうなずいてみせた。

そんな作戦会議を交わしていると、アーサーが申し訳なさそうに話しかけてくる。

「すまないな、ふたりとも。買い物だけじゃなく色々と手伝ってもらって」

「ああ、それくらい気にすんなよ。困ったときはお互い様だろ。な、小雪」

「そうね。日本に来たばっかりで分からないことも多いと思うし」

直哉も小雪もにこやかに笑う。

許嫁の称号を外したいだけで、ふたりへの敵意は一切《いっさい》ない。

しかしクレアは不思議そうに小首を傾《かし》げてみせるのだ。

「私と兄様は、あなたがたの仲を引き裂くために来たんですよ。敵とみなすのが普通です。親切にしてくださる理由なんて、どこにもないように思うのですが……」

「ああ、さっきアーサーにも似たようなことを言われたな」

直哉はニヤリといたずらっぽく笑う。

「心配いらないよ。見てろって」

「へ？」

「ちょっ……⁉」

きょとんと目を丸くするクレア。

そんな彼女に見せつけるようにして、直哉は小雪の肩を抱いて距離を縮めた。

慌てふためく小雪にかまわず、にっこり笑って宣言することには――。

「いくらおまえたちに邪魔されようと、俺たちはラブラブだから。なー、小雪？」

「うぐっ……そ、そうね……ふふふ」

小雪は柔らかく微笑《ほほえ》んでみせた。

穏やかなセリフと合わせて、強者の余裕が滲《にじ》み出る。しかし至近距離の直哉からは引きつった口元がよく見えた。恥ずかしいのを懸命に耐えているのだ。

（ふたりの前でイチャつくとは言ったけど……それにしたってちょっと近すぎない⁉）

ちらりと見上げてくる視線には、そんな抗議が読み取れた。

当然、直哉は気付かないふりをしておく。

そして、そんなラブラブっぷりを見せつけられたアーサーとクレアは顔を見合わせるのだ。

「く、空港でも思ったが……仲がいいんだな、きみたちは」

「ええ……日本の方は奥ゆかしいと聞いておりました。イメージと違いますわ」

「ま、普通はここまでしないかな」

直哉は肩をすくめてみせる。

恋愛相談所を開いてからつくづく思うが、日本人は好意を伝えるのが苦手な方だ。互いが互いを大好きなのに表面上ドライなカップルもよくいたりする。

「俺たちは特別。なんたって付き合いたてのラブラブだから。な、小雪？」

「そ、ソウネ……フフフ」

小雪は引きつった笑顔でそう相づちを打った。

先ほどとまったく同じ台詞《せりふ》だが、ずいぶんと無理をして片言である。

そっと直哉の腕をほどき、にっこりと——若干ぎこちなく——言う。

「もう、直哉くんったら。こんなことといつでもできるでしょ。冷めないうちに食べるわよ」

「はーい。あ、おまえたちはそっちに座れよな。小雪の隣は俺の指定席だから」

「はあ……」

こうして夕飯を囲むことになった。

食卓には白米に味噌汁、スーパーで買ってきた煮物やコロッケなどが並ぶ。

海外からやってきた留学生をもてなすにしては、少々地味というか素朴な献立である。席についてから直哉は苦笑する。

「もっと時間があったら凝《こ》った料理も作れたんだけどなあ。日本に来て初日の食事がこれで悪いな」

「私もまだお味噌汁くらいしか作れないしね……」

「いやいや、とんでもない」

小雪も肩を落とすのだが、それにアーサーは力強く首を横に振った。

自分の茶碗を大事そうに両手で抱え、目をキラキラと輝かせる。

「これぞ、アニメや漫画で見た通りの日本の食卓だ。感激だよ！」

「そう言ってもらえて何よりだよ。でもま、せっかくだし今度は俺が腕を振るうな。言ってもらえば何だって作れるし」

「そ、それでは、タマゴヤキやタコサンウィンナーなるメニューをぜひ……！　お弁当には必ず入っているんだろう？」

「あっ、それならわたくし、日本のプリンが食べてみたいですわ！　日本人の冷蔵庫には必ず常備されていて、名前を書いておかないと家族に食べられてしまうという伝説のスイーツ……！」

「いいけど、凝ったものでも大丈夫だからな？　それ全部作っても調理時間十分程度だぞ」

だいぶ偏った知識からのリクエストだった。

直哉がふたりに詰め寄られる中、隣の小雪は自分が褒《ほ》められたかのように胸を張る。

先ほど直哉にぐいぐい来られてあたふたしていたが、その顔の赤みも引いていた。

「ふふん、料理は直哉くんの数少ない特技なのよ。今度食べてびっくりするといいわ」

「美食家兼凄腕《すごうで》探偵というわけか……日本人というのは、やはりアニメのキャラクターのように濃い個性を有しているものなのかい？」

「それはこのひとが特別なだけよ。私もずいぶん煮え湯を飲まされているわ……」

興味津々とばかりのアーサーに、小雪は小さくため息をこぼす。

ラブラブを見せつけるはずが、本気の疲弊感《ひへいかん》がありありと浮かんでいた。

それを無視して、直哉は手を叩いて促す。

「冷めないうちに食べようぜ。クレアたちも箸で大丈夫か？」

「もちろんです。郷に入れば郷に従う。しっかり練習してきましたから」

クレアはきちんと手を合わせてから、煮物の器に箸を伸ばす。

大きめの野菜はどれも丸っこくごろっとしている。箸で挟むのは少々難易度が高いだろう。

しかし、クレアは綺麗《きれい》な箸使いで難なく人参を摘《つ》まんで口へと運んだ。

上品に口元を隠しながらもぐもぐして、小さく喉《のど》を慣らして嚥下《えんげ》する。

「けっこうなお味ですわ。この通り、お箸は完璧《かんぺき》です」

「おお、なかなかやるもんだな」

「当然だ。うちの妹はマナーも完璧な淑女《しゅくじょ》だからな」

アーサーが得意げに胸を張る。

それに対抗すべく、直哉は小雪に目線を投げた。

「うちの小雪も負けてないぞ。なあ、小雪」

「えっ……そりゃもちろんお箸くらい……あっ」

最初はぽかんとしていた小雪だが、すぐにその意図を察したらしい。

顔をほのかに赤らめて、恨みがましいジト目を向けてくる。

「ほんとにやるの……？」

「当たり前だろ。ほら、どんとこいだ」

「あーもう……分かったわよ。ほら、あーん」

ヤケクソとばかりに箸を握り、里芋《さといも》を摑《つか》んで直哉に差し出す。

「あーん」

ぷるぷる震える箸先に、直哉は躊躇《ちゅうちょ》なく食いついた。

その堂々としたやり取りに、クレアは目を丸くする。

「今回は間接キスというやつですわよね。日本の男女にとって、大きな意味を持つイベントだと聞《き》き及《およ》びますけど……」

「俺たちにとっちゃ日常茶飯事ってことさ」

口元に手を当ててため息をこぼすクレア。

それに直哉はうなずいて、人差し指をぴんっと立てる。

もっともらしい声で言うことには――。

「ちなみに日本で間接キスを受け入れるってことは……それはもう、永遠の愛を誓い合うのと同義なんだぞ」

「なんと……それもマンガで見たぞ！　やはりこの国の文化は奥深いな……」

「そんなわけないでしょ。アーサーくんの日本の知識は全部二次元由来なの……？」

小雪はジト目でツッコミを入れる。

しかしふと気になったのか、煮物をぱくつきながら話を向ける。

「クレアさんも日本が好きになったのって、やっぱりお兄さんの影響なの？」

「はい。昔、よくふたりで日本のアニメを見ていたんです」

それにクレアがにっこりとうなずく。

過去を懐《なつ》かしむような遠い目をしつつも、どこかその笑みには陰りがあった。

「魔法使いの女の子が活躍するアニメなんですけど……途中から我が国では放送されなくなってしまったんですよね」

それでふたりは両親に頼んで、日本からそのＤＶＤを取り寄せてもらった。

しかしそれは日本語にしか対応していなくて――。

「わたくし、とってもガッカリしたんです。でも兄様がこう言ってくださって……」

「『僕が勉強してクレアに翻訳してあげる。だからいつかふたりで一緒に見よう』って?」

「そ、その通りですわ。ナオヤ様ったら鋭いですわね」

こうしてアーサーは日本語をがむしゃらになって学びはじめた。

それから何年もかけて習得して、クレアと一緒にそのアニメを見たのだという。

その温かなエピソードを聞いて、小雪はキラキラと目を輝かせる。

「ええ……とってもいい話じゃないの。素敵なお兄さんね」

「そ、そんな大したものじゃない。元々語学には興味があったしね」

アーサーはぶっきらぼうに言ってみせる。

顔をわずかに背《そむ》けるものの、ほんのり赤らんだ頰《ほお》は誤魔化《ごまか》しきれなかった。

そんな兄をよそに、クレアはがたっと席を立ってまくし立てる。

「そうなんです、兄様はとっても素敵な方なんですよ。勉学もスポーツも完璧ですし、母国のスクールでは最も模範的な生徒として何度も表彰を受けたほどでして。もちろんどんな殿方よりも紳士的で……」

そこまでつらつら並べ立ててから、ハッとして慌てはじめる。

「あっ、で、でも、変なところで鈍感だし、かなり抜けているところがあるし……必死に隠していましたけど、ベッドの下や本棚の裏なんかにいかがわしいゲームや漫画を隠しておりますし！　コユキ様にはまったくもって相応《ふさわ》しくありませんわ……！」

「どうして急に僕をけなし始めたのかはさて置いて……なんで知ってるんだ⁉」

唐突に秘密を暴露されて、アーサーは血相を変える。今のは完全にもらい事故だった。

そんななか、小雪はこそこそと直哉に耳打ちしてくる。

（今のって、私にアーサーくんを取られないため……？　ほんとにめちゃくちゃ好きなのねえ……）

（そういうこと。やっぱ似たもの兄妹だよなあ）

こそこそと話すふたりをよそに、アーサーはごほんと咳払《せきばら》いをする。

そうして妹へと向けるのは疑わしげな眼差《まなざ》しだ。

「待ってくれ。クレアは僕とコユキさんの仲を取り持つために、日本に来たんだったよな？」

「そ、その通りですわ。それが何か？」

「だったら今の暴露は逆効果なのでは……？」

「うぐっ……⁉」

しまったとばかりに顔を歪《ゆが》めて言葉に詰まるクレア。

妹の真意を知らないアーサーは、いぶかむようにあごへ手を当てて唸《うな》る。

「だから空港でナオヤに迫ったんだろう。言ってることとやってることが矛盾してないか？」

「そ、そのつもりだったんですが……」

　クレアはさっと目を逸らす。視線を食卓に落とし、真正面に座る直哉と小雪の顔をうかがって——ハッとして言い訳を叫ぶ。

「そう！　コユキ様とナオヤ様の仲を見て、思い直しましたの！」

「思い、直した……？」

「その通りです」

　クレアは力強くうなずいて、きらきらした笑顔で直哉と小雪を示す。

「このおふたりの絆《きずな》は本物。わたくしに入り込む隙《すき》はございませんわ。先ほどは試すような真似《まね》をして申し訳ございませんでした、ナオヤ様」

「おう、いいってことよ」

　それに、直哉は軽く片手を上げて答えてみせた。

　ついでに隣の小雪へ目配せする。

（ほらな、クレアはこれで落ちた。もう一押しだ）

（ちょ、チョロい……）

　小雪もやや半笑いだ。

　そんな宣言を受け、アーサーはきょとんと目を丸くしていた。

　やがてふと気付いたとばかりに少し考え込んでから、クレアをじっと見据える。

「つまり……ナオヤに迫ることはもうないんだな？」

「え？　そうですわね、意味がないですし」

「そうか……そっかあ……」

アーサーはじっくりと妹の言葉を噛《か》みしめる。

机の下でこっそりとガッツポーズしたのを、直哉はしっかり目撃していた。

そのせいか彼の表情はずいぶんと明るくなった。しみじみと小雪のことを見つめる。

「まあたしかに、ジェームズさん……コユキさんのお爺様《じいさま》から聞いていたのとはずいぶん違うな。コユキさんは冷静そうに見えて押しに弱いところがあるから、猛アタックに根負けして付き合っているのだろう……そう言っていたんだが」

「なっ……失礼な！　お爺ちゃんったら、孫を何だと思ってるのよ！」

「小雪、押さえて押さえて。それは身内なら当然の心配だから」

「どういう意味よ！　お爺ちゃんめぇ……日本に来たらタダじゃおかないんだから！」

ぷるぷる肩を震わせて、祖父への怒りを募らせる小雪だった。

しまいにはふんっと鼻を鳴らしてそっぽを向いてしまう。

「猛アタックを受けたのは本当だけど……私はちゃーんと自分の意思でこの人を選んだんだから。そうじゃなきゃ、こんなことしないわよ。バカにしないでちょうだい」

「そ、それは謝ろう。すまなかった。だが、その……」

アーサーは素直に頭を下げる。

　しばしごにょごにょと言葉を濁してから、恐る恐る小雪に尋ねた。

「彼の、どこが良かったんだい……？」

「へ……？」

　予期せぬ質問に、小雪がぴしっと固まる。

　展開を読んでいた直哉はおかまいなしで味噌汁をすすった。

　ずずずっという日常的な水音が響く中、アーサーはあたふたと続けた。

「い、いやその、きみたちはお付き合いをしているわけだろう？　同世代の女性が、男性のどういう場所に惹《ひ》かれるのか、後学のためにも知っておきたいと思ってね」

「あっ、わたくしも気になります！」

　クレアもガタッと腰を浮かして、興味津々とばかりに輝く瞳《ひとみ》を小雪に向ける。

「間接キスなんて奥ゆかしい文化のある日本ですもの。お付き合いをはじめるハードルはかなり高いはず。コユキ様はそれを乗り越えられたわけですよね？」

「ま、まあ、そう……ね」

　小雪は目線をさまよわせてから、ちらりと直哉のことをうかがってくる。

　それに直哉が顔を向ければ、一瞬で目を逸らされた。

　しかし、小雪は髪をかき上げて強気に笑う。

「たしかに色々あったけど、このひとが私に骨抜きなのは明白だったし。それほどたいしたことはしていないわ」

「……そんなことはありません」

クレアはゆっくりとかぶりを振る。

そこには色濃い自責が浮かんでいた。自分の恋と比べているのだろう。

噛みしめるようにしてクレアは続ける。

「たとえどんな恋だろうと、想《おも》いを告げるにはきっと勇気が必要だったことと思います。だから、とってもすごいことだと思いますわ」

「ふ、ふふん。クレアさんってば大袈裟《おおげさ》なんだから」

小雪は澄ました顔で微笑んでみせる。

恋愛の先輩として大人の余裕を見せているつもりなのだろうが、震える箸で突くせいで、小皿に取ったコロッケがすっかりボロボロに崩れてしまっていた。

おまけに、隣の直哉からは額に光る冷や汗がよーく見える。

(無駄な強がりは破滅の元だぞー)

心の中でそんな忠告をこっそりしつつ、自分のコロッケと取り換えてやる。

残骸《ざんがい》を代わりにもそもそ食べてやる横で、小雪はなおも不敵な笑みを浮かべてみせた。

「それに、この人ってばいろいろ便利でしょ？　無駄なことに気付くし、器用だし。そばに置いておくペットとしては申し分ないのよ」

「なるほど。つまり、主従関係で言えばコユキ様がご主人様だと」

「そ、そういうことね。このひとったら惚《ほ》れた弱みで、私に絶対服従なんだから」

「ふむ、なるほど。尽くす男はモテるということか……？」

クレアは小雪に尊敬の眼差《まなざ》しを送り、アーサーはアーサーで深く考える。小雪の虚勢はまったくバレていないらしい。

そんななか、クレアが直哉に水を向ける。

「ではでは、ナオヤ様は？　コユキ様のどんなところに惹かれたのですか？」

「そうだなあ。あえて言うなら……」

「ひっ……な、何よ」

小雪を見やると、目を吊《つ》り上《あ》げて睨《にら》んできた。

とはいえその威嚇《いかく》は、親とはぐれた子猫を思わせる。大きく膨らんだふわふわの尻尾《しっぽ》が見えた気がした。だから直哉はとどめを刺してみたくなった。

にっこりと笑って告げる。

「俺《おれ》は小雪の全部が好きかな」

「なっ……あ⁉」

「まあ、情熱的……」

小雪は言葉を失うが、クレアは頰に手を当ててうっとりする。

アーサーも感心したように「ほう」とため息をこぼしてみせた。

そんな三者三様の反応をよそに、直哉はぺらぺらと並べ立てる。

「頑張り屋なところだろ、子供っぽいところもそうだし、面倒見のいいところも好きだな。あと何と言ってもたまに素直になるところとかも――」

「ストップ！　ストップよ、直哉くん！　ほらもう一度お食べなさいな！」

「あーん」

直哉の口に煮物を突っ込み、物理的な口封じを図る小雪だった。ついでに胸《むな》ぐらを摑《つか》んで小声で凄んでくる。

（イチャつくとは言ったけど、あなたのそれは過剰すぎるのよ！　私には私のペースってものがあるんだからね……⁉）

（いやでも、小雪に主導権を握らせると碌《ろく》なことないじゃん。絶対墓穴を掘ってどつぼにハマるんだから）

（そんなことないし！　もう私のペースで行くから！　分かった⁉）

（はーい、心得ました）

そう言い切られてしまえば、おとなしくうなずくほかない。

小雪の勢いに押されたのもあったが、正面のクレアが興味津々とばかりに目を光らせていたからだ。

テーブルから身を乗り出す勢いで小雪に切り込んでいく。

「ちなみに、どこで出会われたのですか？」

「え？　えーっと……」

小雪は少し言いよどんでから、強気な表情を作って言う。

「このひとがアルバイト中に、私に声を掛けたの。それが始まりね」

「まあ……！　では、ナオヤ様はコユキ様を一目見てビビッときたわけですわね⁉」

「そういうことになるかなあ」

ナンパされて困っていたところに割り込んだので、声を掛けたと言えなくもない。

直哉があっさりうなずくとクレアは祈るように十指を組んだ。

「では、どちらが最初のデートに誘ったのですか？」

「え？　えーっと……それも一応直哉くんかしら」

「それでは告白をしたのは……？」

「……それも直哉くんね」

「しかも、計三回告白したな」

「何ですのその回数⁉　ちょっと詳しくお聞かせくださいまし！」

「く、クレア……？」

恋バナが好きなのは全世界の女子共通らしい。

クレアは目を輝かせて、根掘り葉掘り聞いていく。

そのせいで小雪は圧倒されるばかりだった。交際に至るまでの経緯を事細かに語り、随所に強がりを挟んでいく。

ざっくり話を聞いたあと、クレアはごくりと喉《のど》を鳴らして叫んだ。

「それじゃあ、出会って数日の内に一回目の告白をされたのに、それを保留にした上に二度もさらに告白させたんですの⁉」

「うっ、ぐうう……」

その、あまりに直球な要約が小雪の心にぐさっと刺さった。未《いま》だに気にしていることを突きつけられたせいで、真《ま》っ赤《か》な顔で縮こまってしまう。

だから直哉はそっと付け加えておくのだ。

「一応言っとくけど、俺は気にしてないからな?」

「す、すごい忍耐力ですわね……」

クレアはまじまじと直哉を見つめてから、ぴんっと人差し指を立てる。

真剣な、世界の命運でも話し合うかのような重々しい声でたずねることには——。

「ち、ちなみにキスなんかも経験済みなんですか……?」

「そりゃもちろん、裏ではやりまくり——」

「そんなに数はしてないでしょうが!」

小雪が絶叫とともに肩を殴ってくる。そこそこに痛かった。

ぷいっとそっぽを向いて小雪は高圧的に言う。

「このひとったらすぐに調子に乗るんですもの。だから特別なとき以外には唇を許さないようにしているわけ。いわばご褒美《ほうび》よね」

「なるほど、飴《あめ》と鞭《むち》ってことですわね……これが恋愛の駆け引き……」

クレアは噛みしめるようにしてうなずいた。

ほうっと息を吐いて、隣のアーサーに目を向ける。

「おふたりともすごいです。ねえ、そう思いませんか、兄様」

「ああ、うん……僕にはとてもじゃないが真似《まね》できそうもないな」

アーサーの顔は完全に青ざめていた。

直哉の顔をじっと見つめ、素直な感嘆の声をこぼしてみせる。

「ナオヤはすごいな、僕だったら、一回目の告白が保留になった時点でしばらく立ち直れないかもしれないのに……」

「あはは、小雪の本心は分かってたからな」

何しろ保留にしつつも好意がダダ漏《も》れだったから。

だから直哉はあっけらかんと笑うのだが、兄妹の眼差しには尊敬の色が強くなる。

彼らからしてみれば相当打たれ強く一途な男に見えたことだろう。

クレアは心配そうにアーサーの顔を覗《のぞ》き込む。

「やはり兄様の出る幕などないのでは？　コユキ様のパートナーなんて、こんな強固なメンタルの方以外に務まりそうもありませんわよ」

「そう思う……だ、だがしかし、その……」

アーサーは苦しげな表情でため息をこぼす。

そうしてひどく申し訳なさそうに、ぽつぽつと言葉を紡《つむ》ぐのだ。

「許嫁の話を受けたから、コユキさんのお爺様が留学の援助をしてくださったんだ。それを初日で反故にしてしまったとなると……お爺様だけでなく、うちの両親にも迷惑を掛けてしまうことになる」

「じゃあ、お爺ちゃんが日本に来てから改めて話し合いましょ！」

相手の心が傾《かたむ》いたのを察し、小雪ががたっと席を立つ。

ぐっと拳《こぶし》を握って突きつけるのは降伏の催促だ。

「大丈夫よ、決して悪いようにはしないわ。だから安心して……許嫁の座から下りてちょうだいな」

「コユキくん……ありがとう！　それじゃあ許嫁の話はなしということで！　僕にきみは荷が重い！」

「どういう意味よ⁉」

憑《つ》き物《もの》が落ちたように笑うアーサーに、小雪は力いっぱいのツッコミを叫んだ。

「ほっ……」

その大声に、クレアのこぼした安堵《あんど》のため息がかき消されることとなった。

ちゃんと聞き取ったのは直哉くらいのものである。

ともかく許嫁の件はスピード解決。小雪もすっかりご機嫌で、鼻歌交じりに宣言する。

「ともかく、これでばっちり解決ね！　さあ、早くご飯を食べましょ。そのあとみんなでコンビニに行ってアイスを買うわよ！」

「コンビニだって……!?　まさかこの近くにあるのか!?」

「マンガで見たことありますわ！　プリンやアイスがたくさんある夢のお店なんですわよね！」

「いいけど、ちゃんと片付けを終わらせてからな？」

わいわいと盛り上がる一同に、直哉は苦笑とともに釘《くぎ》を刺した。

こうして兄妹は無事、直哉らの学校に転入することとなった。

日本語が堪能なふたりはすぐに周囲と打ち解けて、人気者となる。

直哉と小雪も平穏を取り戻したのだが——その直後のことだった。

「えっと、クレアさん……？　話って何……？」

「先日は失礼いたしました。コユキ様を見込んで、頼みがあるんです」

ある日、ふたりはクレアに呼び出されてファミレスで落ち合うこととなった。

巨大パフェが運ばれてくるや否《いな》や、クレアは真剣な顔でこう切り出した。

じっと小雪を見据えて――がばっと頭を下げてみせる。

「実はわたくし……兄様のことが好きなんです！　百戦錬磨のコユキ様に、アドバイスしていただきたいんです！」

「えええええっ⁉　わ、私……⁉」

「やっぱりこうなった」

四章　ふつうの恋愛とは

アーサーとクレアのふたりが日本にやって来て、一週間が経《た》ったころ。

昼休みで賑《にぎ》わう、学校の食堂にて――。

「これはゆゆしき事態だわ……」

小雪《こゆき》は深刻な顔をしていた。

昼休みまっただ中ということもあって、あたりは他の生徒たちでごった返している。

誰《だれ》もが自由時間を謳歌《おうか》しており、あちこちで明るい笑い声と食器の音が響く。

それなのに小雪は目の前のお弁当にも手を付けず、どんよりした空気を纏《まと》っていた。

お弁当の中身は卵焼きやミニトマトといったオーソドックスなものである。卵焼きは形こそ悪いものの、焦《こ》げもなくて火の通りが完璧《かんぺき》だった。

直哉《なおや》は野菜炒め定食をひとまず置いて、小雪の弁当を指し示す。

「ゆゆしき事態は置いといてさ。その卵焼きもらっていい？　小雪が作ったんだろ」

「えっ。い、いいけど……」

「それじゃ遠慮なく。いただきまーす」

ひょいっと一切れ口へ運び、しっかり大事に咀嚼《そしゃく》する。

それを小雪は不安そうな眼差《まなざ》しで見つめていた。

ごくりと飲み込んで、直哉はにっこりと笑いかける。

「やっぱり上達したじゃん。この前食べさせてもらった弁当と同じで美味《おい》しいよ」

「そ、そう？　でもやっぱりまだ上手に巻けないし……」

「それは回数をこなせばどうとでもなるって。小雪は覚えるのが早いんだし、自信を持ってくれよ」

「ふっ、ふふん。そうよね。なんたって私は完璧クール美少女ですもの。マスターしたらまた食べさせてあげなくもないから、楽しみにして…………って違う！」

得意げに胸を張る小雪だったが、すぐに声を荒らげてテーブルを叩《たた》く。

どんっと大きな音とともに、グラスの中の水が揺れる。

周囲の生徒が一瞬だけこちらに目を向けたものの、音の発生源が小雪だと分かって即興味を失ってしまった。彼らの目線が物語るのは『今日も彼氏とイチャイチャしてるなあ』である。

小雪はわなわなと震えて額を押さえる。

「直哉くん……この前のファミレスで、私がクレアさんに言ったこと覚えてる？」

「もちろん一字一句」

野菜炒めをもりもり平らげながら、直哉はうなずく。

先日、クレアによってファミレスに呼び出され、恋愛のアドバイスを頼まれた。

小雪は最初あたふたしていたものの、いかに頼りにしているか懇々《こんこん》と説明された結果――胸を張ってこう言ったのだ。曰《いわ》く。

「『アーサーくんを落としたいのなら、私をお手本にするといいわ！　なんたってこのくせ者を仕留めた恋愛強者なんですからね！』だっけか」

「本当に一字一句覚えてるんだから始末に悪いのよね……」

青汁を一気飲みしたかのように、小雪の眉間《みけん》にしわが寄った。

「別にいいだろ、アドバイスくらい。だってあいつらが無事にくっついたら、許嫁の話が名実ともに白紙に戻るんだし」

「あのときは私もそう思ってたのよ。最近は直哉くんの恋愛相談所でいろんなひとの話を聞いて、アドバイスもできていたし……絶対にあの子の力になれると思っていたの。でも、後で気付いたわ」

小雪は頭を抱えて、小さい声で叫んでみせた。

「私たちそもそも……人様のお手本になるような、まっとうな恋愛してないんだもん！」

「おっと、そこに気付いちゃったかー」

直哉は肩をすくめつつ、付け合わせのおひたしを口へ運ぶ。

先日の一件で、小雪はクレアから恋愛の大先輩と認定されてしまった。

だが、自分たちはそもそも見本にしてはいけない特殊なサンプルだ。

小雪はわなわなと震えながらこれまでの軌跡を要約する。

「出会って数日で両思いが確定して、そこから両親への顔合わせとかデートとか旅行とかいろんなイベントを経てから告白し合って付き合うことになったとか……普通ある⁉」

「仕方ないだろ、それが俺《おれ》たちのペースだったんだから」

何度か直哉の方から告白したものの、小雪にそれを受け入れる覚悟が足りなかった。

だから返事は保留にして、ひたすらイチャイチャしてきたのだ。

そういうわけだからカップルの成り立ちとしては少し——いや、かなり異例だ。

小雪はじとーっとした目を直哉に向ける。

「そもそも直哉くん自体が特殊なのよ。何も言わなくても全部察してくれるから、すれ違いってのが一切《いっさい》ないし……そんな恋愛ある？」

「ここにあるだろー。他には一件しか知らないけどな」

「えっ、他にもいるの？　嘘《うそ》でしょ、私も知ってる人？」

「うちの両親」

「ああ……納得だわ」

遠い目をしてしみじみ噛《か》みしめる小雪だった。

直哉の両親——法介《ほうすけ》と愛理《あいり》も学生時代からの付き合いだ。

たまに母から昔ののろけ話を聞かされるが、やれデート先でひったくりを捕まえただの、間一髪で大事故を防いだだの、そんなエピソードが随所に挟まるのがお約束である。

それはともかくとして。直哉は肩をすくめてみせる。

「そもそもあいつら両片想いだし。適当なアドバイスでもどうにかなるぞ。考えすぎる必要はないんじゃないか？」

「そういうわけにはいかないわ」

小雪はムッと顔をしかめて胸を張る。

「今までの窓口に来てくれたのは、みんな直哉くんを頼りにしてきた人たちだったでしょ。でも、今回は違う。私へのご指名なの。できる限り力になりたいって思うのは当然でしょ」

「……そっか」

直哉はくすりと笑う。自然と目尻が下がった。

少し前まで孤独だった少女が、誰かのために奔走しようとしているのが嬉《うれ》しかったのだ。

そこで直哉はふと食堂の入り口に目を留める。

「お、ちょうどそのターゲットが来たみたいだぞ」

「へ？」

小雪が振り返った先。そこにはひときわ目立つ集団がいた。

金髪の男子生徒――アーサーを取り囲む、幾人もの女子生徒たちである。

「アーサーくんって日本語上手よね。どんなふうに勉強したの？」

「ねえねえ、今度休みの日に私たちと遊びに行こうよ。街を案内してあげる！」

「これ私の連絡先ね！　いつでも呼び出し待ってるから♪」

全員が全員、目に♡マークを浮かべて猫なで声だ。

周囲の男子生徒はみなやっかみの目を向けている。

しかし、当の男子生徒——アーサーはそんなものを歯牙《しが》にも掛けず、白い歯を輝かせて前髪をかき上げてみせた。

「ははは、これは困ったな。日本の女性がここまで情熱的だとは嬉しい誤算だ。だが、どうかひとりずつ順番に頼むよ、子猫ちゃんたち？」

「きゃーっ！　素敵！」

黄色い歓声がわっと沸《わ》き上がった。

それを見て、小雪は目を丸くする。

「何あれ……」

「小雪は初めて見るんだったな。アーサーのファンクラブだよ」

「そんなのができてるの⁉　転校してからまだ一週間よ⁉」

「あいつ、上っ面はいいからなあ」

直哉は奇《く》しくも同じクラスとなったため、女子たちの熱狂ぶりをよーく観察していた。

いかにも王子様然とした彼の人気が高まるのは当然のことと言える。

しかし小雪は面白《おもしろ》くなさそうにムスッと顔をしかめるのだ。

「何よ何よ、彼ったら本命はクレアさんでしょ。どうして他の女の子たちに鼻の下を伸ばすのかしら。幻滅だわ」

「ま、女子にキャーキャー言われれば、男は問答無用で嬉しいもんだからなあ」

「……それって直哉くんも？」

じとーっと疑わしげな目を向けてくる小雪。

それに、直哉はキッパリと言ってのけた。

「俺は小雪限定」

「恥ずかしげもなくよく言うわね……」

小雪は顔を赤らめつつ引くという、器用な反応をしてみせた。

トキメキと呆《あき》れがちょうど半々だ。

「ともかく見てろって。そろそろ制裁が下るからさ」

「制裁って、まさか……」

小雪が目線をふたたびアーサーらの方へ向けた、そのときだ。

彼の背後に忍び寄った小柄な人影が、冷え切った声をかける。

「では、わたくしからも一言よろしいですか？」

「ああ、どんな女性も大歓迎で……く、クレア⁉」

背後を振り返ったとたん、アーサーの顔がぴしっと凍り付いた。

そこに立っていたのはもちろんクレアだ。

涼やかな――それでいて有無を言わせぬ圧を有した――笑みを浮かべ、淡々と告げる。

「今日は放課後に用事がありますので。兄様おひとりでご帰宅してくださいますか」

「そ、それなら僕も一緒に行こう！　いくら平和な国とはいえ、クレアひとりでは帰り道が心配だし――」

「友達と一緒に帰りますのでそれには及《およ》びません。では失礼いたします」

兄をばっさりと斬《き》り捨てて、クレアはくるりと踵《きびす》を返して去って行く。

「ま、待ってくれ！　クレア⁉」

「やーん。アーサーくんったら、また妹ちゃんにふられちゃったね」

「暇なら私たちと遊ぼうよー」

手を伸ばして妹を追おうとするアーサーだが、女子生徒らの壁に阻《はば》まれてしまう。

クレアの行く手にも、顔を赤らめた男子生徒が現れるのだが――。

「クレアちゃん……！　よ、よかったら今度デート――」

「は……？」

「何でもありません！」

クレアの威圧に負けて、呆気《あっけ》なく退散した。

そんな一幕をひと通り観察してから、直哉は肩をすくめてみせる。

「あそこまで含めてお約束って感じだな。面白いだろ？」

「どこが⁉　超ギスギスじゃない！」

「平気平気。あれはあれでイチャついてるようなもんだし」

ちょっとした駆け引きみたいなものだ。

直哉は鷹揚《おうよう》に構えてみせるのだが、小雪は変わらず深刻そうな顔をしたままである。

「やっぱり私が何とかしなきゃ……」

そんな話をしているうちに、クレアがふたりの元に近付いてきた。

直哉ににっこりと微笑《ほほえ》んで空いた席を指し示す。

「ご機嫌よう、ナオヤ様。お隣よろしいですか？」

「ああ、うん。いいけど」

クレアがちょこんと腰掛けると、小雪はムッとして眉《まゆ》を寄せる。

「俺はかまわないけど、クレアはいいのか？　愛しのお兄様を無碍《むげ》にフって、他の男の隣に座るなんてさ」

「ふんだ。あんな軟派《なんぱ》なお兄様なんて知りませんわ」

クレアはぷいっとそっぽを向く。

しかしすぐに妖艶《ようえん》な笑みを浮かべて、直哉の腕にするりと抱き付いてみせた。

「いっそお兄様なんて忘れて、ナオヤ様を本格的に落としにかかっても――きゃんっ」

「ダメに決まってるでしょ！」

そこにすかさずテーブルから身を乗り出した小雪がデコピンをお見舞いした。

悲鳴を上げてクレアは直哉から離れてしまう。遠くで見ていたアーサーがこの世の終わりのような絶望顔を取り払い、ホッと胸をなで下ろした。

クレアは額をさすりながら、恨みがましい目を小雪に向ける。

「たわいのない後輩ジョークではありませんか。大人げないですわ」

「何と言われようとダメなものはダメよ。ちょっとそこどきなさい」

「はあい」

おとなしく席を立ったクレアのかわりに、小雪がでんっとそこに座った。

おまけにわざわざ直哉の方へ椅子を寄せて、肘で軽く突いてくる。

「直哉くんも直哉くんよ。私という彼女がありながら、何を後輩女子にデレデレしちゃってるわけ？」

「デレデレしてないっての。だってこいつ、俺のことなんとも思ってないんだぞ？」

普通の男子なら、こんな美少女に言い寄られるだけで浮かれることだろう。

だが、直哉からしてみればフラグが立つ可能性が皆無だと分かりきっている。

牽制《けんせい》する必要もないので自然体で対処ができるのだ。例えるならば、猫にじゃれつかれているのに近い。

「最初は『うわ、この子めちゃくちゃアーサーのこと好きじゃん……』って恥ずかしくなっちゃったけどさ。もう慣れたから赤面することもないし」

「だからってダメなものはダメ！　分かった⁉」

「了解しました。そういうわけで、クレアは色仕掛け禁止な」

「承知いたしましたわ。わたくしもコユキ様を怒らせるのは本意ではありませんし」

クレアは軽く頭を下げてみせる。

そうしてあごに手を当てて、直哉のことをじーっと見つめるのだ。

「でも、ナオヤ様は手強《てごわ》いですわね。わたくしが微笑めば、たいていの殿方は陥落するのに……表情がぴくりとも変わりませんもの」

「残念だけど、俺は本命にしかなびかないんでね」

「それにしたって強靱《きょうじん》な忠誠心ですわ」

クレアは呆れたようにため息をこぼす。

そうかと思えば、小雪に向き直って――キラキラした目を向けるのだ。祈るように指を組むおまけ付き。

「こんな曲者《くせもの》をここまで調教するなんて……さすがはコユキ様ですわ！」

「へ……？」

小雪はきょとんと目を丸くする。

「謙遜《けんそん》しなくても結構です。さぞかし長い時間をかけて、飴《あめ》と鞭《むち》を駆使してじっくりと籠絡《ろうらく》されたのでしょう？」

「いやあの、出会ってから陥落まで、数日くらいだったんだけど……」

「またまたご冗談を。この方はそんな短期間で落とせるような相手ではありませんわ」

クレアは断言して、キリッとした顔で胸に手を当てる。

「コユキ様を見ていて、思ったんです。兄様を落とすのは簡単ではないと思いますが……わたくしも兄様とイチャイチャしたい。わたくしは腹を決めましたの。この国の言葉で言うところのハラキリですわね」

「ハラキリは最後の手段だぞ」

「覚悟は感じるけどね……」

ふたりは顔を見合わせる。

それと対照的に、クレアは決意のこもった目で小雪の手をぎゅっと握る。

「コユキ様から殿方を籠絡する術を学び、必ずやこの地で兄様を討《う》ち取《と》ってご覧に入れます。見守っていてくださいませ」

「あっ、えっ、えーっと……」

小雪は青い顔でごくりと喉《のど》を鳴らす。

男を落とす秘訣《ひけつ》なんて小雪が知っているはずがない。

しかし少し俯《うつむ》いてすっと息を吸って吐いた後——そこには不敵な笑みが浮かんでいた。

「もちろんよ。この私にかかれば男子なんて簡単に手玉に取れるんだから！」

「さすがはコユキ様です！　頼りにしております！」

クレアは目を輝かせて小雪の手を握る。

その瞳《ひとみ》はどこまでもまっすぐで、全幅の信頼を感じさせるには十分なものだった。

「さっそく今日にでも秘訣《ひけつ》をうかがいたいところなのですが……」

「ダメ」

そこで、クレアと小雪の間に人影がすっと割り込んだ。

音も気配もなく現れたその人物を前に、小雪が素《す》っ頓狂《とんきょう》な声を上げる。

「うわっ、朔夜《さくや》!?」

「ますます忍者めいてくるなあ、朔夜ちゃん」

「そんなことはない。お義兄《にい》様にはバレバレだったから、精進する必要がある」

朔夜はゆるゆるとかぶりを振る。

こっそり近付いてきていた彼女に気付いていたのは直哉だけだった。

クレアの背をぐいぐい押して、朔夜は食堂の外へと誘導していく。

「今日のクレアは私と本屋巡りの予定。忘れたとは言わせない」

「もちろん承知しておりますわ。その後はお茶をしながら取材ですわよね」

「そう。義理の兄へ思いを寄せる少女の赤裸々な心情、根掘り葉掘り聞かせてもらう」

「お噂《うわさ》の作家先生のためですわね……⁉　よろこんで協力させていただきますわ！　そういうわけですので、また後日よろしくお願いいたしますね！　コユキ様！」

「わ、分かったわ」

明るく手を振り去って行くクレアのことを、小雪はぎこちない笑みで見送った。

朔夜とは一緒のクラスになったのをきっかけに、すっかり仲良くなったらしい。

その姿が食堂から消えたタイミングで、直哉も野菜炒め定食を食べきった。米粒のひとつも残さずお椀を綺麗《きれい》にして両手を合わせる。

「ふう、ごちそうさま。小雪も早く食べないと昼休み終わるぞ」

「……食欲がないわ」

小雪はずーんと肩を落としてうなだれてしまう。

安請け合いを重ねた結果、引くに引けなくなってしまったようだ。

「ううう、どうして私ってばあんなことを……男の子を落とす方法なんて知ってるわけないのに……これはもう万事休すだわ……」

「大丈夫だって」

そんな小雪に、直哉は軽く相づちを打つ。

小雪の悩みは単純明快だ。クレアに恋愛のアドバイスができずに困っている。

「クレアにばっちりアドバイスできるようになる、いい方法がある」

「っ、それってどういう裏技……⁉」

「簡単なことだよ。今の小雪には普通の恋愛経験が足りていないんだ」

ガバッと顔を上げて食いつく小雪に、直哉はぴんっと人差し指を立ててみせる。

恋愛のアドバイスができない原因は、自分たちが少々風変わりな恋模様を演じてきたことにある。ならばやるべきことはひとつだけだ。

直哉は右手を差し伸べて、にっこりと笑った。

「デートしようか、小雪。まっとうな恋人がするみたいなデートをさ。それで普通の経験値を積むんだよ」

「これまでがまっとうじゃなかったみたいな言い方やめてくれる⁉」

そうはツッコミを入れつつも『本当にまっとうだったかしら……？』と若干不安な小雪だった。

それから数日後の休日。

直哉と小雪は、何度目かも分からないデートに繰り出していた。

小雪は目をキラキラさせて、そんな歓声を叫んだ。

「水族、館……！」

直哉はそれに雑な相づちを打っておく。

「そうだな、水族館だな」

ふたりの眼前にどーんと立ちはだかるのは、大きな立方体の建造物だ。

外壁にはジンベイザメやウミガメなどの水棲《すいせい》生物たちがポップな絵柄で描かれており、秋晴れの空のもとで気持ちよさそうに泳いでいる。

その周囲は緑溢《あふ》れる公園になっていた。

あちこちに常緑樹を刈り込んで作った魚のトピアリーが点在し、大道芸人が風船を巧みにひねっている。レジャーシートを広げ、弁当を囲む親子連れなんかも多々見受けられた。

海が近いため、さわやかな潮風がふたりの頬《ほお》を撫《な》でる。

夏の暑さもかなりマシになったし、今日も今日とてお出かけ日和《びより》だ。

「ど、どこから回るべきかしら……！　ちゃんと調べないと！」

小雪はパンフレットを広げて、真剣に読み込んでいく。

今日の出《い》で立ちは膝《ひざ》が隠れるくらいのレースのスカートに、五分丈袖《そで》のブラウス。

カジュアルめの服装ではあるものの、さりげない刺繍《ししゅう》やフリルが施されていてガーリッシュなデートスタイルだ。

とはいえ、小雪の表情はそばを駆け回る子供たちと大差がない。

ぱっと顔を上げたときには、目には蕩《とろ》けんばかりのハートマークが浮かんでいた。

「今日はイルカショーがあるんですって！　他にもペンギン餌やり体験に、ふれあいコーナーまで……！　どれも外せないわね、直哉くん！」

「そうだなあ。帰りはお土産《みやげ》コーナーも覗《のぞ》かないとな」

「ぬいぐるみの吟味は不可欠ね！　それじゃあ行くわよ、直哉くん！」

小雪はルンルン気分で、まっすぐ館内入り口めざして歩き出す。

並んで歩きながら、直哉は苦笑を合わせて切り出した。

「でもまあ、楽しんでばかりはいられないぞ。今日の小雪には大事なミッションがあるんだからな」

「ふっ、もちろん忘れてなんかいないわよ」

それに小雪は不敵な笑みを浮かべてみせる。

人差し指と中指で挟んでぴっと取り出したのは、一枚のメモだ。

そこにはびっしりと文字が書かれており、本気度がうかがい知れる。

メモを翳《かざ》しつつ、小雪は堂々と言い放った。

「この水族館限定の、にゃんじろーコラボグッズのことでしょ。当然チェックしてあるわ。お小遣《こづか》いの範囲内で無理なく買えるよう、お買い物計画もばっちりよ！」

「小雪は偉いなあ。もちろんそれも大事だけどな?」

直哉は微笑みを崩さない。

穏やかな口調を心がけて指摘する。

「今日は恋愛の経験値を積むために来たんだろ」

「経験……値……?」

そこで小雪の足がぴたりと止まった。

急に立ち止まったものだから、後ろを歩いていたカップルとぶつかりかける。直哉はその手をさりげなく引いて道の端に寄り、真正面から問い直した。

「思い出したか?」

「……ふっ」

わずかに俯いたまま、小雪は小さく鼻を鳴らす。

そうかと思えばすぐに胸を張り、居丈高に言ってのけた。

「そんなの当然でしょ。ちょっと直哉くんをからかってみただけなんだから」

「そっかー。小雪はやっぱり偉いなあ」

それに、直哉は棒読みでうんうんとうなずいてみせた。ここまでの展開は前日から読めていたので、へたにツッコミを入れて話を拗《こじ》れさせるような愚行は犯さない。

ふたたび歩き出してから、小雪は訝《いぶか》しげな目を直哉に向けてくる。

「でも、本当に経験値が積めるわけ……？　こんなのふつうのデートじゃないの」

「そこは俺に任せとけって」

直哉はどんっと胸を叩いてみせる。

「今日はただのデートじゃないぞ。小雪に恋愛の駆け引きを学んでもらう訓練場だ。ありとあらゆるシチュエーションで俺のことを誘惑して、存分にスキルを磨いてくれ」

「だから、あなた相手のスキルなんて他の人に通用しないんだってば」

小雪は呆れたように眉を寄せる。

「あなたってば私と目が合っただけで『そんなに俺のことが好きなんだな……！』って喜ぶじゃない。そんなテクニック、何をどうやったら一般的な恋愛模様で使えるのよ」

「そこは大丈夫。今日の俺は、小雪限定で察しのよさを発揮しないから」

「へ？」

小雪が目を瞬かせる。よほど意表を突かれたらしい。

「そ、そんな器用なことができるわけ？」

「厳密に言うと、気付いても行動に移さないっていうか」

小雪の恋愛指導でネックとなっているのは、直哉の察しのよさだ。

何も言われずとも相手の真意を読み取るこのスキルのおかげで、本来ならば拗《こじ》れる場面で一切拗れず、ふたりはわりとすんなりイチャイチャを楽しんできた。

ならばその個性を封じてしまえば、小雪だって普通のアプローチを仕掛ける他なくなってしまうだろう。

「今日の俺のことは一般的ラブコメ鈍感主人公だと思ってくれ。それを落とそうとすることによって、小雪は一般的な恋愛スキルを磨くことができるってわけ」

「な、なるほど……直哉くんにしては考えたわね」

小雪はあごに手を当てて唸《うな》る。

本気で感心しているようだが、直哉のことをちらりと見やる目には色濃い懐疑がにじんでいた。

「どうせあなたのことだから『小雪が俺を落とすために躍起になってくれるんだから役得だよな。表向きは強がりつつも、内心かなりあたふたしてくれるだろうし……楽しみだなあ！』なんてことを考えているんでしょうけど」

「おっ、小雪も俺に似て察しがよくなってきたじゃん」

「ただの経験則よ。こんなスキルを磨きたくはなかったわ」

小雪は疲れたように肩を落とす。

そうかと思えば――。

「でも……私も甘く見られたものね」

直哉のことをギロリと睨《ね》め付けてくる。

人差し指で直哉の心臓あたりを突きながら、声を低くして言うことには。

「今の私たちは恋人同士なのよ。あなたが元以上のポンコツになったくらいで動揺するはずないでしょ。馬鹿《ばか》にするのもいい加減にしなさいよね」

「そっか、それならお手並み拝見といかせてもらおうかな」

「ええどうぞ。私だってこれでも雑誌とか本を読んで、テクニックを勉強してきたんだから。完璧な恋愛スキルで目にもの見せてあげるわ」

ふふんと小雪が鼻を鳴らして笑うころ、ふたりは水族館の入り口へとたどり着いた。

入場チケットを買い求めてゲートを通る。

館内に一歩足を踏み入れると、冷えた空気がふたりを包んだ。

明るさを絞った館内照明の中で、ぼんやりと輝く標識が順路を指し示す。

「それじゃ、ここからスタートな。家に帰るまで、俺は鈍感ラブコメ主人公です」

「いいわ。イルカさんやペンギンさんを愛《め》でる片手間に落としてあげちゃうんだから」

小雪はやる気満々に小悪魔めいた微笑を浮かべる。

館内の暗がりの中で、その笑みはいつも以上に様になって見えた。

「ひとまず先制攻撃ね。はい」

そう言って、小雪は右手を差し伸べる。

それを直哉はしばしじーっと見つめてから――ごそごそとポケットを漁《あさ》った。

「ああ、飴《あめ》が欲しいんだな。はい、イチゴ味」

「わあっ、これって私の大好きな……って、違うっ！」

飴玉を受け取って顔を輝かせたのも束《つか》の間、小雪は目を吊《つ》り上《あ》げて凄《すご》む。

「女の子が、デート中に、相手の男の子に対して手を差し出したのよ⁉　手を繋《つな》ぐ以外の選択肢があるわけ⁉」

「いやあ、そう言われましても」

烈火のごとく怒る恋人に、直哉は首をかしげるばかりだ。

いつもの直哉なら、すんなりその手を握って『小雪の方からおねだりしてくれるなんて嬉《うれ》しいなあ』くらいの軽口を叩いたものだ。

だが、今日の直哉は――。

「今日の俺は鈍感ラブコメ主人公だからなー。明確な言葉にしてもらわないと分からないんだよなー」

「はあ⁉　いくらなんでも空気が読めなさすぎるでしょ⁉　元から少ない情緒を全部お家に忘れて来ちゃったわけ⁉」

「でも、これくらいの強敵を落とせたら、間違いなく恋愛強者を名乗れると思うぞ」

「だからって限度があるでしょうが！　くそう……雑誌だとこれでイケるって書いてたのに……！」

親の敵でも見るような目で、小雪はギリィッと歯噛《はが》みする。

しかし埒《らち》が明かないと悟ったのだろう。苦虫を噛み潰《つぶ》したような赤面という器用な顔で、もう一度直哉に右手を差し伸べる。今度はきちんとした要望を添えて。

「ああもう分かったわよ！　手を！　繋ぎなさい！　早く！」

「なるほど。それがお望みだったのか」

直哉はその手をぎゅっと握りしめる。

指を絡《から》めた恋人繋ぎだ。わざとらしくにっこり笑って言う。

「それならそうと最初から言ってもらわないと。何しろ俺ってば鈍感だから」

「ぐぬぬ……思った以上に厄介ね、鈍感ラブコメ主人公……！」

小雪がちょっぴり危機感を募らせて、無事に水族館デートの幕が開けた。

そんなふたりを最初に出迎えたのは、熱帯魚のコーナーだった。

大きな水槽の中で、色とりどりの魚が尾びれを優雅に揺らしながら泳いでいる。珊瑚《サンゴ》の周りにはイソギンチャクが触手を踊らせ、そこに乗った小さなエビが鮮やかな赤色を添えていた。色彩がワルツを奏《かな》で、上から差し込む光がキラキラと輝く。

「わあ、綺麗《きれい》……！」

「たしかになかなか絶景だなあ」

小雪も一瞬でその光景に見蕩《みと》れてしまう。

目を輝かせて見つめる小雪のことを、直哉はこっそり観察して網膜に焼き付けておいた。

小雪の恋愛スキルアップのためのデートではあるものの、デートはデートだ。直哉は全力で楽しむつもりで——。

「あっ、見てごらんなさいな。直哉くん」

「へ、何が？」

そこで不意に小雪が水槽の中を指さした。

「あそこ。可愛《かわい》いお魚がいるわよ、きらきら光ってる！」

「えっ、どこ？　よく見えないな」

「だからあそこだってば、ほら！」

そこで小雪が直哉の腕をぐいっと自分の方に引き寄せた。

当然ふたりは密着し、小雪の胸が二の腕に押しつけられる。

服の上からでも、その柔らかな膨らみが形を変えているのがよく分かった。触れ合った場所が、燃え上がるように熱く感じる。

直哉がわずかに息を詰まらせたのに気付いたのか、小雪がそっとこちらを見上げてくる。

その顔に浮かんでいるのは不敵な笑みだ。敵将を討ち取った兵の顔。

「……ふふん、これはどうかしら。自然な密着。これぞ定番の恋愛テクでしょ？」

「やるなあ……」

展開は読めていたし、これくらいの密着は慣れたものだ。

だがしかし、小雪が自分から仕掛けてきたという点に大きな意味があった。並の男なら、もうここで膝をついて陥落宣言をしていたところだろう。

ただ、それなら直哉も攻勢に転じるまでである。

ちょっとそっぽを向いて、顔をわずかに赤らめて、ぶっきら棒に言う。

「魚も可愛いけど……小雪の方がもっと可愛いよ」

「うっ……!?」

その瞬間、小雪が胸を押さえてうめき声を上げた。

息も絶え絶えに絞り出すのは、敵へと送る精一杯の賛辞だ。

「や、やるじゃないの、直哉くん。『可愛い』だの『綺麗』だの何度も言われてきたけど……恥じらいながら、っていうのが高得点だわ！　鈍感ラブコメ主人公っていうのは、鈍感な分こういう直球を投げることができるのね……!?」

「その通り。ただの朴念仁《ぼくねんじん》じゃないってこと」

「奥が深いわね、鈍感ラブコメ主人公……」

小雪はしみじみと噛みしめてから、ぐっと拳《こぶし》を握って決意を見せた。

「それなら私も負けていられないわ。これからは本気でいくわよ、直哉くん！」

「はは、相手にとって不足なしだな」

その宣戦布告を、直哉はにっこり笑って言い値で買った。

ツッコミ不在のデートはつつがなく続く。

ふたりはラッコのプールや大水槽、クラゲのコーナーなどを順々に見て回った。

その間に、小雪は様々な攻撃を繰り出してきた。先述のようなさりげないボディタッチはもちろんのこと――。

「改めて見ると直哉くんってけっこう背が高いのね。へえ……やっぱり男の子なんだ」

頬を赤らめて、そんなふうに褒めてみたり。

「えーっ、すごーい。知らなかったー。へえー、直哉くんってば物知りねー」

「そこはもうちょっと心を込めた方がいいんじゃないか？　自分のがもっと詳しいからってさ」

直哉が魚の雑学を語ってみれば、棒読み気味の合コン必勝セリフを送ってくれたりもした。

少し慣れていないアプローチも多々あったが、小雪は攻めに攻め続けた。

直哉は鈍感ラブコメ主人公らしくそれをのらくらかわしていたものの、何度か見事にドキッとさせられた。

一通り水槽展示を見て回ってから、ふたりはとある列に並ぶ。

「むう……」

列がゆっくりと進む中、小雪は小さなメモ帳を広げて険しい顔をしている。

書かれているのは、水族館内で繰り出した攻撃だ。

隣にはそれに対する直哉の反応が書かれていて、バツマークの方がはるかに多い。

「今のところ、ボディタッチ系の作戦が一番分かりやすく効いたようね……何、男ってこうも単純なものなの？」

「そりゃ、いくら鈍感な奴だろうと間違いなくクリティカルだろうし」

おっぱいが嫌いな男はそうそういない。

そんなことを直哉が婉曲《えんきょく》的に語ってみせれば、小雪はじろりと眼光を強める。

デートで落とそうとしている男の子に向けるそれではなく、繊毛《せんもう》がびっしり生えた毛虫を見るような眼差しだ。

「不潔だわ……男って最低ね」

「うん、何か言ったか？　まわりの人たちの声が大きくてさあ」

「都合のいいときだけ耳を悪くする……！　そういうのはヒロインの告白シーンだけでいいのよ！　日常会話で聞き逃しまくってたら、ただ耳鼻科への通院が必要なひとじゃない！」

小雪はガミガミと声を荒らげる。

ダメ元の誤魔化《ごまか》しも効かなかったようだ。直哉は慌てて前方を指し示す。

「そ、それよりほら、見えてきたぞ」

「はあ？　誤魔化そうたってそうは……っ、はわあ！」

前を向いた瞬間、小雪の顔がぱっと輝いた。

列はずいぶん進んでおり、目当てのコーナーがすぐそこに迫っていた。低い階段を上がった先には小さなプールが広がっていて、ペンギンたちがぷかぷかと浮かんでいる。

小雪は肩を震わせて歓喜にむせぶ。

「ぺ、ペンギンさんが近いわ……！　どどど、どうしましょう、直哉くん！」

「餌やり体験、ギリギリで滑り込めてよかったなあ」

挙動不審な小雪に、直哉はほのぼのと笑みを返す。

ペンギン餌やり体験は人気のコーナーらしく、直哉たちが長い列に並んだ瞬間に定員オーバーとなった。そんなふたりの番が来るまではもう少し。

すぐ前のカップルたちは、ゴム手袋を付けておっかなびっくり魚をつまみ上げている。

餌ほしさで騒ぎ立てるペンギンたちに、すっかり圧倒されていた。

背後からそれを覗き込み、直哉は少しだけ身を引いてしまう。

「ペンギンの口、至近距離で見るとなかなか怖いんだな……」

「あらそう？　あれはあれで意外性があってキュートじゃないの」

「さすがは動物好き……どこまでも本気だな」

小雪はウキウキ顔のままである。

テンションを上げて腕まくりしつつ、直哉にびしっと人差し指を突きつける。

「よし、直哉くん。一時休戦よ。今の私はあなたにかまっている暇はないの」

「はいはい。それじゃ俺も察しのよさ解禁かな」

「餌やり体験でどう使うっていうのよ、そのスキル」

そんな話をしているうちに、前のカップルが餌やり体験を終えて去って行った。

とうとう直哉たちの番である。いの一番に小雪が前に出て、飼育員に説明を受けてゴム手袋と長靴をしっかり装備する。

餌やりの台に上れば、ペンギンたちはまた一斉に喚声を上げた。

鳴き声の勢いは凄《すさ》まじく、大きく口を開けてびっしりと棘《とげ》が並んだ舌を突き出してくる。鳥特有のどこを見ているかも分からない瞳孔《どうこう》がいくつも並ぶ光景は、子供が見たら泣き出しかねない。

わりと壮絶な餌やり体験だが、小雪は臆《おく》することなく目を輝かせる。

「やっぱりみんな可愛いわ……！　え、えっと、どの子にあげればいいですか……？」

「お客様の目の前にいる、羽根に青いタグが付いてる子にお願いします」

「は、はい。そーっと、そーっと……」

飼育員に指定されたペンギンへと、小雪は慎重に魚を運ぶ。

大きく開かれた口の中に小アジを滑り込ませれば——ペンギンはそれをごくりと丸呑《まるの》みし、満足げに鳴いた。小雪も千里の道を走りきったような達成感に打ち震える。

「食べてくれたわ……！」

「おめでと。それじゃ、次は俺の番か」

軽くバトンタッチして、直哉が餌やり台に上る。

そんななか、小雪はゴム手袋を脱ぎながらふとプールの隅を見やった。

「きゅう……」

そこには一匹のペンギンがいた。

部屋の隅で壁を見つめたまま微動だにせず、仲間たちが餌目当てに騒ぎ立てるのにも目もくれない。騒々しい一角とは対照的に寂《せき》としている。

「あら？　そっちの子は食べないんですか？」

「ちょっと今は食欲がないみたいで……」

飼育員が苦笑いでかぶりを振る。

「へえ。近くで見てもいいですか？」

「はい、どうぞどうぞ。おとなしい子ですから」

許可をもらった直哉は隅に移動して、そのペンギンの目を覗き込む。

最初、ペンギンは突然現れた人間に興味を示さなかった。しかし、ふとした瞬間に目が合って——直哉はため息をこぼす。

「そっか、大変だったな……」

「きゅるう……！」

ペンギンがうなずくように一声鳴いた。

小雪はいぶかるように首をひねる。

「えっ、ちょっと。何を通じ合っているわけ?」

「このペンギン、彼女を他のオスに寝取られたんだよ。そうですよね?」

「ど、どうしてそのことを……!　お客さん、うちのペンギンの相当なマニアか何かですか?」

飼育員は動揺するばかり。

小雪の方はといえば完全に虚を突かれたように目を丸くしている。

「あなた、うちのすーちゃんだけじゃ飽き足らず、行きずりのペンギンさんの考えることまで分かるわけ……?」

「自分でも驚いてるけど……意外といけるもんだな」

白金《しろがね》家のすなぎもで経験値を積んだせいだろうか。

直哉は件《くだん》のペンギンに向き直り、心からのエールを送った。もちろんペンギン語ではなく、日本語で。

「大丈夫。新しい恋がきっと見つかるって。くよくよするなよ」

「きゅう……きゅっ、きゅゅう!」

ペンギンはじっと直哉を見つめてから、天井《てんじょう》を見上げて高らかに鳴いた。

両の羽根で直哉の足下をぺしぺしするおまけ付きである。

それを目の当《ま》たり《あ》にした飼育員が、口に手を当てて歓声を上げる。

「あらまあ、求愛のポーズですよ！」

「何ですって……⁉」

小雪が目を吊り上げるのをよそに、ペンギンは直哉の足にすり寄って離れない。

「えーっと……飼育員さん、こいつにご飯をあげてもいいですか？」

「どうぞどうぞ！　今なら食べてくれるかもしれません！」

もらった小アジを渡せば、ペンギンはそれをするりと飲み込んだ。

そうしてまた直哉に求愛を続ける。プレゼントをもらったせいか、より一層情熱的になっているきらいがあった。

おかげで飼育員の方も感心したように唸るのだ。

「ペンギンが人間に求愛することはよくあるんですけど……それにしたってずいぶん気に入られたみたいですね……お客さん、将来うちで働きませんか？　いい飼育員になれますよ！」

「そうですね、進路のひとつに考えておきます」

「きゅーう♡」

「おお、おまえにもそこまで言われると照れちゃうな……」

ペンギンのあまりの熱烈な愛に、直哉も種族の壁を越えて嬉しくなる。

しかし、それを受け入れるわけにはいかなかった。小雪のことをすっと指さして――。

「でもごめんな。俺、彼女がいるから」

「きゅっ……⁉」

そうお断りを入れた瞬間、ペンギンがガーンと固まった。

ショックから立ち直るより先に、小雪のことを黒々とした目で睨《にら》み付《つ》ける。

「きゅううっ……！」

「うっ……完全に泥棒猫を見る目じゃないの⁉」

愛《いと》しのペンギンから敵認定を受け、小雪はたじたじだ。

それでもぐっと闘志を振り絞って直哉の腕を抱き寄せる。

「いくら可愛いペンギンさんとはいえ、この人はあげないんだから！　行きましょ、直哉くん！」

「はいはい。あ、ちなみにそっちの右から三番目の子、こいつのことが気になるみたいですよ。一緒にさせてやったらどうでしょう」

「わ、分かりました！　ありがとうございます、謎《なぞ》のペンギン仲人《なこうど》さん！」

そのまま小雪にぐいぐい引っ張られる形で、餌やりコーナーを後にした。

次はちょうどイルカショーがあったため、そのまま屋外ステージに直行したのだが――。

十分足らずのショーが終わった後、直哉はしみじみとつぶやいた。

「哺乳類《ほにゅうるい》か鳥類なら、ギリいけるのが分かったな……」

「一気に範囲を広げすぎじゃない⁉」

「ぴゅいーっ！」

小雪がツッコミを叫ぶと同時、プールのイルカが高らかに鳴いた。

最前列に座る直哉の前から離れようとはせず、水中でくるくる旋回し、水面に上がって甘い声で鳴く。トレーナーが宥《なだ》めて連れ戻そうとするものの、一切見向きもしなかった。

ショーの半ばで直哉と目が合ってしまってから、ずっとこの調子でメロメロある。

おかげでショーが終わったというのに、客のほとんどは立ち去ることなくフリーダムなイルカを眺めて写真を撮っていた。

「あの男の子なに、イルカ使い？」なんてひそひそ声まで聞こえてくる始末。

そんななか、小雪はプールを眺めながら呆れて言う。

「至近距離で見られて嬉しいんだけど……あの子も失恋中だったわけ？」

「いや、理想が高くてお見合いを失敗しまくりだったみたいだな」

どんなオスのイルカも彼女の心を満たせなかった。

そこで突然現れた、心を見透かす謎の人間。

当然、乙女心は大いに揺れた……らしい。

「この前、すなぎもと会話できるようになっただろ？」

直哉は鞄《かばん》の中をごそごそと漁る。目当てのものはすぐに見つかった。

その準備を進めつつ、直哉は肩をすくめるのだ。

「あのあと公園の鳩《はと》なんかで試してみたんだけど……そのときは何も読み取れなかったんだよなあ。だからたぶん、人間に慣れた動物限定だと思う」

「どうせそのうちどんどん範囲が広がるんでしょ……嫌だわ……彼氏がどんどん人間離れしていく……」

「失礼だなあ。ともかくごめんな、イルカさん。きみとは付き合えないんだよ」

「ぴゅーう……！」

先ほどのペンギンと同様、イルカもぴしっと動きを止める。

直哉と、その隣に座る小雪のことをじとーっとした目で見つめ――。

ばしゃあっ！

「きゃうっ⁉」

「おっと」

尾びれで盛大に水をぶっかけてきた。

もちろん読んでいたので、折りたたみ傘を広げてガードは完璧だ。

イルカはぷいっとそっぽを向いて帰っていった。

見守っていた他の客たち、ならびにトレーナーは驚嘆の声をこぼしてみせる。

まばらに起きる拍手は直哉の手練《てれん》に向けたものと、恋に破れたイルカを励ますもので半々だ。

傘を畳む直哉に、小雪はジト目を向けた。

「やっぱりあなたに鈍感ラブコメ主人公は無理よ」

「あはは、俺もそう思……」

小雪の方を向いて、直哉は凍り付いてしまう。当然そのセリフも尻《しり》すぼみになった。

「はあ？　何か…………っ⁉」

少し遅れて、直哉の視線を追って小雪が息を吞《の》む。

わずかに濡《ぬ》れたブラウスが肌に張り付き——下着の色が浮き上がっていた。

慌てて両腕で胸を隠し、小雪は真《ま》っ赤《か》な顔で睨んでくる。

「やっぱり体が目当てなのね……」

「ご、誤解だって！　俺はちゃんと防御したからな⁉　小雪がへたに動くから……！」

結局直哉はしどろもどろで弁明する羽目になり、そのあと館内のレストランでパフェを奢《おご》らされた。もとはといえば直哉のせいなので、罪滅ぼしとしては妥当だった。

水族館デートは結局、小雪の圧勝で終わった。

後日。登校中、ふたりはクレアとばったり出くわした。アーサーの姿はなく、そのせいかクレアは目を輝かせて元気いっぱいに挨拶《あいさつ》する。

「コユキ様、おはようございます。今日こそ恋愛の極意、伝授してくださいまし！」

「クレアさん……」

そんなクレアに、小雪は硬い面持ちを向ける。

少し言いよどんでから、ぐっと気合いを入れるようにして告げることには——。

「いいこと、恋愛は戦争よ」

「せ、戦争……ですの？」

きょとんとするクレア。小雪はゆっくりとうなずく。

「ええ。周りは常に敵だらけ。へたな小細工を弄《ろう》している暇はないし、油断すればすぐにやられてしまう。そんな熾烈《しれつ》な戦争で勝ち抜きたければ……打つべき手はたったひとつだけ」

「それは一体……！」

ごくりと喉を鳴らすクレアの肩をぽんっと叩く。

小雪は厳《おごそ》かな声でこう言い放った。

「胸よ」

「は……い？」

小雪は力強く断言して、自身の胸を指し示す。

「男なんて、ちょっと胸を押し付けたりアピールしたりするだけでコロッと転ぶんだから、その弱点を突かない手はないわ！　クレアさんもボディタッチで攻めるのよ！　有象無象の牽制なんかに負けちゃダメよ！」

「つまり、ナオヤ様も……？」

「それだけで好きになったんじゃないっての。嫌いではないけどな」

直哉は首を横に振りつつも、その一部を肯定しておく。

おかげでクレアは自分の胸に手を当てて考え込むのだ。

「むう……胸ですか。兄様はそんな軽薄な方ではないのですけど……」

しかし、すぐに目を輝かせてうなずいてみせる。

「恋愛猛者である小雪様のアドバイスなら正しいに決まっていますよね。わたくし、これからはガンガンいってみせますわ！」

「その意気よ、クレアさん！」

女子二人はがしっと握手を交わす。スポーツ選手とそのコーチめいた絆《きずな》が見て取れた。

そんなふたりをよそに、直哉はこっそりため息をこぼすのだ。

「うーん……あいつに悪いことしたかなあ」

案の定その日を境に、妹からベタベタ引っ付かれて顔を赤くしたり青くしたり忙しいアーサーを、よく目撃するようになった。

五章　文化祭

その日の恋愛相談窓口出張所は、開店すぐから大盛況だった。

教室の隅に据えられた特別スペースは、まわりを衝立《ついたて》で仕切られている。教室全体に流れるBGMもすこし大きめに調整されているしで、依頼人の相談内容が外に漏《も》れることはない。

中は狭く、椅子をふたつ並べただけでいっぱいになる。

そこに座っているのは直哉《なおや》と――今回はひとりの女子生徒だ。

一分前に入ってきたときは思い詰めたような表情を浮かべていた彼女だが、今ではすっかりその強張《こわば》りも消えて、にっこり笑って頭を下げる。

「ありがとうございます！　アドバイス通り……私、頑張ってみますね」

「うん、応援してる。それじゃ巽《たつみ》、次のひとを呼んでくれ」

「はいよー」

女子生徒が去ってから、外に待機していた巽に声を掛ける。

ガサガサとその気配が遠ざかり、直哉はしばしひとりきりで外の会話や物音にぼんやりと耳を傾《かたむ》けていた。静かな時間が流れる。しかし、それも長くは続かなかった。

「し、失礼する！」

入り口にかかったカーテンが揺れて、次の迷える子羊が滑り込んできた。

その顔を見るなり、直哉は片手を上げて出迎える。

事前にクラスメートたちから決められた謳《うた》い文句《もんく》もきちんと添えて。

「ようこそ、笹原《ささはら》恋愛相談所へ。あなたの恋の悩み、俺《おれ》があっさり解決してみせましょう。アーサーくん？」

「うぐっ……！」

それに、依頼人——アーサーはバツが悪そうに顔をしかめてみせた。

どうやら恋愛とか恋の悩みとか、そういう直接的な単語が彼のガラスハートに突き刺さったらしい。粉々に砕けた破片がその足下に無残に散らばったのを幻視する。

アーサーはしばし入り口で逡巡《しゅんじゅん》していたものの、退路はないと悟ったらしい。

ついに覚悟を決めて直哉の前へと腰を下ろす。

それでも強がって、キザったらしく前髪をかき上げて白い歯を見せて笑う。

「きみが変わった相談窓口を開いていると聞いてね、ものは試しと入ってみたんだ。つまり冷やかしなんだ。悪かったね」

「いや、ものは試しで三十分も待つか？　おまえどんだけ暇なんだよ」

「ぐっ……!?　も、もうそんなに経《た》っていたのか!?」

腕時計を確認してアーサーは血相を変える。

さぞかしヤキモキして順番待ちをしていたのだろう。

そんな彼をこれ以上虐《いじ》めるのも忍びなく、直哉は肩をすくめて軽く言う。

「まあ、依頼人は緊張してるみたいだし、当たり障《さわ》りのない雑談から始めようか。初めての学校行事はどうだ？　楽しめているか？」

「む、そうだな……実に興味深いと言える」

アーサーは入り口のカーテンをそっと開け、外の様子を覗《のぞ》き見る。

普段は机と椅子が並ぶだけのふつうの教室。

見慣れたはずの場所は、今や浮かれた喫茶店《きっさてん》となっていた。壁にはハートの風船が貼《は》り付けられ、いくつも並んだ長テーブルにはパステル調のクロスが敷かれている。

そのテーブルのほとんどが客で埋まっていた。

ジュースやお菓子が飛ぶように売れ、ウェイターに扮《ふん》したクラスメートたちがせわしなく動き回っている。

「いらっしゃいませー、何名様でしょうか」

「恋愛相談窓口にお越しの方は、別途こちらの予約表にご記名くださーい」

「当窓口のアドバイザーは人の心が欠けているため、忖度《そんたく》なしにズバッといきます。メンタルの弱い方はご遠慮くださいねー」

廊下の列を捌《さば》く生徒、予約を管理する生徒、注意事項を伝達する生徒――。

役割分担も完璧《かんぺき》で、みなきびきびと動いている。

アーサーは初めて目にするであろうその光景に、ほうっと小さく息を吐いた。

「文化祭か……これ自体はマンガやラノベで読んだとおりなんだが、恋愛相談窓口もあるなんて知らなかったよ」

「たぶん日本中探しても滅多《めった》にないと思うけどな」

今日はこの大月《おおつき》学園の文化祭である。

二日にわたって開かれるこの催しは一般客にも広く公開されており、地域の目玉イベントとして親しまれている。

そして、直哉のクラスの出し物はこの恋愛相談カフェだ。

ほかの飲食系出し物と差別化ができるということで、クラス満場一致で計画が進んだ。ふつうのカフェとして利用してもいいし、相談所の順番待ちに使ってもいい。

その目論見《もくろみ》は見事に大当たりしたらしく、廊下には順番待ちの列ができている。

アーサーはその活気をぼんやりと見つめていた。

まるで、どこか遠い世界を窓越しに覗くような目だ。

そんな彼に、直哉は明るく笑いかける。

「今日は見ての通りのお祭りなんだ。無礼講って言葉を聞いたことないか？　いつもよりぶっちゃけてもいい日なんだよ」

「……そうか」

アーサーは重々しくうなずいてカーテンを閉めた。

かくして相談窓口は世界から切り離され、彼は直哉にしかと向きなおる。

思い詰めた表情で、静かに声を絞り出す。

「僕も恋に悩むひとりなんだ。聞いてくれるか」

「もちろん。だって俺たち友達だろ」

「ナオヤ……」

アーサーはぐっと息を呑《の》む。

ついに本当の覚悟を決めたらしい。膝《ひざ》の上で握った拳《こぶし》はかすかに震えている。

それでも彼は臆することなく、秘めたる心をついに吐き出した。

「実は、僕は……妹のことが、クレアのことが好きなんだ！」

「知ってるけど？」

「へ？」

直哉が軽く相づちを打てば、アーサーは目を丸くして固まった。

相談窓口内に沈黙が落ちる。

ややあって、アーサーは頬《ほお》をかいて照れ臭そうに――。

「ああ、なんだ知っていたのか。なんだ……なんでだ⁉」

勢いよく立ち上がったせいで、窓口の衝立がガタッと揺れた。

直哉はそれに眉《まゆ》をひそめるのだ。

「大声を出すなよ。そんなデリケートな話、他の奴らに聞かれたくないだろ？」

「うっ、す、すまなかった……」

アーサーはしゅんっとクールダウンするものの、すぐに小声で凄《すご》んでくる。

「いやしかし、今のはもっと驚くべきところだろう⁉　妹に懸想《けそう》する兄なんて、フィクションならともかく現実にいたら大問題だ！」

「だっておまえら義理の兄妹だろ、くっ付いたって別にいいじゃん」

「ど、どうしてきみがそんなことまで知っているんだ……⁉　たしかに僕とクレアは血が繋《つな》がっていないが……！」

「前にも言ったけど、ちょっと見りゃ分かるっての。それよりサクサクいくぞ、後が支《つか》えてるんだからな」

「流れ作業のように片付けようとするな！　友人の悩みだぞ⁉」

それとこれとは話が別だった。

直哉が続きを促せば、アーサーは渋い顔のまま話を再開する。

とはいえずっと心に秘めていて、誰《だれ》にも相談できなかった恋の悩み。それを初めて吐露《とろ》できて心が軽くなったらしい。

ため息交じりに吐き出される言葉は止まることがない。

「クレアの奴、この前までツンツンしていたくせに、最近妙に距離が近いんだ。やたら僕と他の女子との間を邪魔しようとするし、子供のときみたいに抱き付いてくるし……だからその、非常に困っているというわけなんだ」

「そいつは災難だなあ」

確実に、小雪《こゆき》からのアドバイスを実践した結果である。

その攻撃が効いた結果、アーサーは相談所に足を運んだ――そういうわけだ。

（うん、見事に予想通りの展開だな）

そのことはおくびにも出さず、直哉はさも初耳とばかりに相づちを打っておく。

話が拗《こじ》れると、この後の予定に響く恐れがあったからだ。

（えーっと、午前の部はアーサーを含めてあと十五人だな。ひとり一分から二分で捌《さば》くとして……うん、約束の時間には余裕で間に合うな）

ついでに、脳内のそろばんをドライに弾《はじ》く。

それに気付くこともなく、アーサーは深く項垂《うなだ》れてしまう。

「本当のことを言えば……初めて会ったときから、ずっとあの子のことが好きだった。だが……クレアは僕のことを、兄としか見ていない」

つま先をじっと見つめたままでこぼす言葉には、奇妙な確信がにじんでいた。

それは――そうに違いないと、彼自身が思い込みたいからである。

直哉はふんふんとうなずく。

(期待して、拒絶されるパターンが一番辛《つら》いもんなあ。だから可能性はゼロだって思い込んで予防線を張ってるんだ)

他人の恋愛模様を、直哉はこのところ数多く観察してきた。

だからこそ、アーサーの言葉に隠された本心を読み解くのはひどく簡単なことだった。

だが、口を挟むような愚行は犯さない。まるで懺悔《ざんげ》するように語る彼の言葉に、ただ黙って耳を傾けるだけだ。

「こんな不埒《ふらち》なことを考えているなんて知られたら、もう兄妹には戻れない。それだけは絶対に嫌なんだ。だから教えてくれないか。僕はどうしたら……この想《おも》いを断ち切ることができるんだろう」

顔を上げ、アーサーはすがり付くような目を向ける。

彼が求めるのは救いではなく断罪だ。

第三者の口から「諦《あきら》めるべきだ」と言ってもらいたい。ただそれだけ。

「……おまえに言えることはひとつだけだ」

そんな自分勝手な彼の肩に、直哉はぽんっと手を置いた。

相手の目をじっと見つめ——きわめて簡潔に宣託《せんたく》を下す。

「答えは自分の中にある。以上！」

「…………は？」

アーサーは呆けた顔で固まってしまう。

しばしじっくりと直哉の言葉を吟味《ぎんみ》して、表情筋が痙《つ》りそうなほどの百面相を披露した。

その末に浮かべるのは、苦虫でも噛《か》み潰《つぶ》したかのようなひどい渋面だ。

「もっと的確に、びしっと道を示してくれると聞いたんだが……ずいぶん抽象的じゃないか。場末のインチキ占い師でも、もっとそれらしいことが言えるぞ」

「相手次第で答え方を変えることもあるんだよ。おまえの場合はこれが一番いいの」

ジト目の抗議をものともせず、直哉は飄々《ひょうひょう》と肩をすくめる。

「ま、もうちょっと悩んでみろよ。時間はまだあるんだし」

「ちなみにきみ……クレアが僕のことをどう思っているかも知っているのか？」

「知ってる。でも言わないし、俺の口から聞きたくもないだろ」

「……そうだな」

アーサーは長い吐息とともに、ひとまずの答えを絞り出した。

彼の相談を終えたあと、直哉は次々と他の依頼者たちを片付けていった。

最初は在校生が多かったものの、だんだんと一般客も混じりはじめた。

中には「実は職場の上司と不倫していて……」なんてヘビーな悩みも飛んできたが、直哉は顔色を一切《いっさい》変えることなく、予定していた時間内ですべてバッサバッサと斬《き》り捨てた。

最後の依頼人が去ったあと、巽が予約表に残っていた名前に打ち消し線を引く。

「よし、そんじゃこれで直哉はいったん交代な。お疲れー」

「どうも。ふう、さすがに疲れたな」

直哉は椅子から立ち上がり、肩をぐるぐる回して息を吐く。

ずっと座って話を聞いていただけだが、それなりの疲労感が蓄積していた。

そんな直哉のことを、巽は愉快そうな目で見やるのだ。

「最初のころに比べたらずいぶん慣れたもんだなあ。どうよ、そろそろ本格的に事業として相談料をいただいていくっていうのは。マネージャー役なら任せとけ」

「前にも言ったけど、金を取るのはちょっとなあ」

「いいじゃねえか、依頼人も俺たちも幸せになってウィンウィンだろ？」

「いやほら、そうすると事業所届とか確定申告とかが必要になってきそうだし」

「どんだけ軌道に乗せる気なんだよ……」

巽は呆《あき》れたように肩をすくめつつ次の準備を進めていく。

「おや、ナオヤの仕事はもう終わりなのか？」

それを見て、アーサーが不思議そうに首をひねった。

相談が終わったあと巽に摑《つか》まって、ともに予約の整理に当たってくれていたのだ。

教室をあちこち歩き回る金髪碧眼《きんぱつへきがん》美少年は非常に目立ったらしく、客の女性たちがこっそり熱心な眼差《まなざ》しを送っていた。

「いいのか？　ナオヤがいなければ、相談窓口なんてできないだろうに」

「ああ、おまえは飾り付け担当だったからシステムを知らないんだな。まあ見てろ」

巽はそう言って、準備していた札をかける。

そこに書かれた文字を、アーサーは目をすがめてじっくりと読んだ。

「『ただいまの時間は恋愛吐き出し部屋です』……？」

「つまり懺悔《ざんげ》室みたいなやつだな。他の奴が入って、ひたすら聞き役に徹するんだ」

「文化祭というのはどこまでも自由な催しなんだな……」

「ほんと浮かれてるよなあ、うちのクラス。つーわけで最初の聞き役はおまえな、アーサー」

「はあ⁉　き、聞いていないんだが⁉」

慌てふためくアーサーを無理やり押し込めて、巽は教室中――ひいては廊下にも聞こえるくらいの声量で朗々と宣言してみせた。

「相談所は一時休憩となりまーす。これからは金髪碧眼の美少年が、恋の悩みをただただ聞いてくれますよー」

「なっ、彼に話を聞いてもらえるの⁉」

「目の保養だわ……是非予約させてください！」

もちろんあたりは騒然とする。

四方から飛んでくるのは、鷹《たか》が獲物を狙《ねら》うような熾烈《しれつ》な眼光だ。中には一般客の大人の女性もいて、和《なご》やかなカフェは一転して戦場のようなひりつく空気に包まれる。

アーサーは完全に圧倒されてしまい、短く息を呑んで後ずさった。

「だ、誰もやるとは言っていないじゃないか……！　なんで僕なんだ、タツミ⁉」

「おまえよく女子に囲まれてるだろ。女の話を聞くのは得意なんじゃねーの」

「それとこれとは威圧感が違うというか……！　ナオヤも見てないで助けてくれ！」

「社会勉強だと思って頑張れー」

そんな彼に、直哉はひらひらと手を振る。

ときには突き放すのも友人の務めだ。

「他人の経験が参考になることもあるんだぞ。ひとの話を聞くついで、自分の気持ちをじっくり考えてみることだな」

「っ……そ、そうか。そういうことなら……」

アーサーはハッとして考え込む。

やがて、彼は凱旋《がいせん》に出る勇者がごとく高らかに宣言してみせた。

「ならばやってやろうじゃないか！　さあきみたち！　恋に苦しむ心の内すべてを、この僕にさらけ出してくれたまえ！」

「きゃーっっ！」

沸《わ》き立つ女性客たち。

それを見て、巽はこっそりとほくそ笑んだ。

「これで売り上げトップはうちに決まったな」

「なんか趣旨がずれてる気もするけどな」

他のクラスメートらも目配せし合ってうなずいている。

直哉というメインコンテンツが不在となっても、当分は行列が途切れなさそうだ。

女性らに囲まれたアーサーからささっと距離を取り、巽は直哉を送り出す。

「そんじゃ、おまえはせいぜいお楽しみにな。白金《しろがね》さんのところに行くんだろ？」

「もちろん。巽も早く結衣《ゆい》の手伝いに行ってやれよ。約束の時間を過ぎてるぞ」

「ほんっとうるせえ……ひとのスケジュールまで把握してんじゃねーよ、おかんか。とっとと行け」

「へいへい。行ってきまーす」

しっしと追い払われて、直哉はひとまず戦線離脱となった。

これから別の戦いに身を投じるのだ。

校内はどこもかしこも、文字通りのお祭り騒ぎだった。

仮装や着ぐるみとすれ違うのは当たり前。プロ顔負けの特殊メイクを施したゾンビがお化け屋敷の呼び込みをかけていたり、屈強な運動部がやたらと凝《こ》ったクレープを売っていたりした。

ただ歩いているだけで目を奪われるものがいくつもある。

直哉はそれらを全スルーして、ふたつ隣のクラスを覗いた。

二年一組。小雪のクラスだ。

「いらっしゃいませ……って、笹原くんじゃん」

「やっほー」

教室前で看板を手に呼び込みしていたのは、燕尾服《えんびふく》を着こなしたイケメン執事だった。髪を撫《な》で付《つ》けて、タイやポケットチーフといった小道具も完璧。顔立ちは甘く爽《さわ》やかで、通りがかった女子が黄色い歓声を上げるほどだ。

声も低く作っているが——直哉の目は誤魔化《ごまか》せない。

その着こなしをじっと観察し、笑顔とともに賛辞を送る。

「さすがは委員長さんだなあ。よく似合ってるよ」

「おっと、やっぱり私だってバレちゃったか。いやー、でもでもありがとね？」

イケメン執事——恵美佳《えみか》は照れたように頭をかく。

そんな彼女の背後、教室の中は直哉のクラスに匹敵《ひってき》するほどの盛況ぶりだった。

ジャンルも同じカフェ。こちらの特色は客をもてなす生徒らが、医者や警察官、ギャルや魔法使いに武士……といった、多種多様な衣装に身を包んでいることだろう。

どれも恵美佳同様本格的で、あちこちで写真撮影を頼まれている。

その光景に、イケメン執事はふふんと胸を張る。

どうやらさらしで潰しているらしく、いつもに比べてそのボリュームはかなり控えめだ。

「うちはコスプレ喫茶《きっさ》なんだ。演劇部から古い衣装を借り受けたりしてね、それで私がひとりひとりに似合う格好を、全力でプロデュースしたんだから！」

「さすが、化けるのも化かすのも上手《うま》いときたか」

「へへへ、よせやい。いつか笹原くんの目も欺いてみせるんだからね！」

恵美佳はぐっと拳を握って意気込みを語ってみせた。

その宣戦布告に直哉は目を細めてうなずく。

「うんうん、それで……小雪を連れて行くけどいいかな？」

「ああ、うん。もちろんどうぞー」

あっさりと貸与の許可が出た。

そのため直哉は遠慮なく教室に踏み込む――のではなく、その隣の空き教室の扉をガラッと開けた。中には使わない机や段ボールなどが積み上げられて、薄暗く雑然としている。

その隅に――。

「ひっ……!?」

読み通りに小雪がいた。

直哉と目が合うなり、ささっとカーテンの影に隠れてしまう。

いつぞや、ゲームセンターに呼び出されたときと同じシチュエーションである。

恵美佳は執事。ほかの生徒は医者や警察官……そんなコスプレ喫茶のメンバーとして小雪がしていた格好は、直哉の予想したとおりのものだった。

そっと歩み寄り、小雪の包《くる》まるカーテンをばっと開いて白日の下に晒《さら》す。

「あわわわ……！」

いわゆる、バニーガール姿である。

頭には兎《うさぎ》の耳が揺れ、タイトなボディスーツは艶々《つやつや》とした光沢を放っている。

お尻《しり》にはもちろん兎の尻尾《しっぽ》。足下は網タイツで、黒のハイヒールまで完璧だ。大きな胸がこれでもかと強調されており、本来制服の下に隠されていたプロポーションのよさが際立《きわだ》っている。

「ううう……じ、じろじろ見るんじゃないわよぉ……！」

真っ赤《まっか》になって後ずさる小雪だが、後ろが壁ですぐに窮地に陥《おちい》った。

「……うん」

それをじっと見つめてから、直哉は万感の思いを込めてひとつうなずいた。

背後の恵美佳を振り返り、彼女の手を取って深々とお辞儀する。

「バニーをチョイスするのは察してたけど……ありがとう、委員長さん。この恩は一生忘れないよ」

「し、しみじみ言うんじゃないわよ……！」

その手を小雪がばしっと弾《はじ》き落とした。

バニーさんは目を吊り上げてぷるぷる震えて怒りと興奮が最高潮だが、動きに合わせて頭のうさ耳が楽しげにピコピコするため、ただ微笑《ほほえ》ましいだけだった。

そんななか、恵美佳は達成感に鼻をこすってみせる。

「えへへ、どういたしまして。小雪ちゃんは特別力を入れたの。なんたって大切な幼馴染《おさななじ》みだからね！」

「大切な幼馴染みを着せ替え人形にするな!!　可愛《かわい》い格好を用意してるって言われたから楽しみにしてたのに……何よ、バニーガールって!?」

「このまえのゲームセンターでメイドさんはやったじゃん？　そうなるともうバニーしかないでしょ」

「もっと多岐に渡る選択肢があるからね……!?」

小雪がいくら声を荒らげても、フリーダムな幼馴染みには暖簾《のれん》に腕押しだ。

大声を出して疲弊《ひへい》した小雪を前に、恵美佳は首をひねる。

「でも肌色部分はボディスーツだし、露出は少ない方だよ？　最近のコスプレは規約が厳しくてねえ。新体操とかフィギュアスケートの衣装みたいなあれ。だから、そんな恥ずかしがることもないいんじゃない？」

「恥ずかしいに決まってるでしょ!?　こんなことなら今日お休みしたのにぃ……！」

「どんまい。腹をくくるんだな」

その肩をぽんっと叩《たた》いて直哉は雑に励ましてみせた。

遠目から見ても分からないが、ボディスーツは手首あたりまで及《およ》んでいる。生地も厚いし、これなら体を冷やすこともないだろう。恵美佳も色々考えてくれたらしい。

ともかく頭を抱える小雪に、直哉はまっすぐに告げる。

「他の男に見られるのはちょっと癪《しゃく》だけど……めちゃくちゃ似合ってる。かわいい。最高だ！」

「うっ……うぐぐぐ……！」

小雪は真っ赤な顔でうめくばかり。いつもの照れ隠しの毒舌を放つ余裕もないらしい。

そんな小雪の手を取って、直哉はエスコートしようとするのだが――。

「それじゃ、約束通り小雪のこと借りてくなー」

「は!?　い、いえ！　やっぱり私もクラスの出し物を手伝うわ！　こんな格好で校内を歩き回るのに比べたら断然マシですもの……！」

小雪はカーテンに摑まって抵抗を続けた。

そこに、恵美佳がすっと近付いて行って持っていた看板を握らせる。

「小雪ちゃんのお仕事は広告塔だよ。この看板を持って行ってね、いい宣伝になるからさ」

「さてはハナからそのつもりで……⁉　恵美ちゃんはいったいどっちの味方なの⁉」

「やだなあ、小雪ちゃんの味方に決まってるじゃない」

恵美佳はあっけらかんと言ってのける。

そのあと、ふっと足元に視線を落として陰のある表情を作って絞り出すことには――。

「小雪ちゃんは、唯一無二の幼馴染みの言葉が信じられないの……？」

「うっ……わ、分かったわよ！　やってやろうじゃない！」

「わーい。できたら校内をゆーっくり回ってきてねー」

「もうちょっと相手を疑った方がいいと思うぞ、小雪」

味方は味方でも、小雪の痴態《ちたい》を見るためなら手段を選ばない味方である。もはやそれは獅子《しし》身中の虫と呼んでも差し支えがない。

こうして笑顔の恵美佳から見送られ、ふたりは約束通りに文化祭をぶらぶら回ることにした。

中等部と高等部を擁《よう》するマンモス校のため、展示や出店を含めれば一日では見終わらないほどのボリュームがある。

校庭や中庭にずらっと並ぶのは数々の屋台だ。

あちこちからいい匂《にお》いが漂って、誰かが手を離してしまったのか、真っ赤な風船が青空に踊る。

その光景に、小雪はバニー姿で目を輝かせた。

「たこ焼き……！　リンゴ飴《あめ》に綿菓子まで……！」

「夏休みのお祭りを思い出すなあ」

看板を代わりに持ってやりながら、直哉は相好を崩す。

ひとまず屋台を冷やかすことにした。タコ焼きや焼きそばといったオーソドックスなものから、スパイスカレーやケバブといった変わり種も並んでいる。

「しっかし小雪も成長したよな。開き直るのが早いじゃん」

「ふんっ、当然でしょ。王者はいついかなる時も堂々とするべきものなんだから」

小雪は得意げに鼻を鳴らす。

正しくは食《く》い気《け》が羞恥心《しゅうちしん》を上回っただけである。

そのついで、あたりの様子を指し示す。ここも、様々な衣装に身を包んだ生徒で溢《あふ》れていた。

「これだけ浮かれた空間ですもの。木を隠すなら森の中。みーんな変わった格好をしてるでしょ。バニーひとりが紛《まぎ》れていたって誰も注目しないはずよ」

「そうだなー。あ、ちょっとここで待っててくれるか」

「あら、何か買うの？」

小雪を置いて、直哉はそっと屋台のひとつに近付いた。

店番をしていた男子生徒がそれに気付いて慌てて携帯電話を隠そうとする。その手をがしっと摑み、直哉は真顔で凄んでみせた。

「おまえ、一年五組の斉藤《さいとう》だよな。今の写真、消せ。じゃないとおまえが片想《かたおも》いしてる先輩と最愛の妹に、盗撮のことバラしてやるからな」

「ひいっ……!? なんで知って……いや、すみませんでした！」

斉藤はあっさりと白状し、直哉の前で小雪の写真を削除した。

ぐるっと視線を巡らせれば、ほかの不届き者たちは青い顔で携帯をしまう。

全員未遂なので、今はひとまず睨《にら》み付けるだけで済ましておいた。

小雪の言う通り、あたりにはコスプレした生徒が非常に多い。

しかし、だからといって小雪の存在感が霞《かす》むかどうかは別問題だった。

ただでさえ目を引く美少女が、ボディスーツとはいえ過激な格好をしているのだ。当然、よからぬ悪意を招いてしまう。

ただし、ほとんどの生徒は小雪に見惚《みと》れはしても盗撮なんて愚かな真似《まね》は犯さなかった。

直哉のことを知っているためだ。「あれが最強の読心系異能力者か……」と、小雪よりもむしろそちらに注意の目を向ける者がいたほどである。

ともかく以降は平和に屋台を回ることができた。

買ったタコ焼きにタコが二切れ入っていて喜んだり、どこの国の料理かも分からない謎《なぞ》のスープを回し飲みしたり、ふたりでめいっぱい楽しんだ。

チョコバナナを片手に、小雪はいたずらっぽく笑う。

「去年はひとりで回ったけど……誰かと一緒っていうのも悪くないわね」

「なら来年も一緒だな。またエスコートさせていただくよ」

「それは今回の働き次第ね。クビにされないようにせいぜい励みなさいな」

高圧的に笑いつつも、小雪は鼻歌を奏《かな》でるほどのご機嫌である。

腹ごしらえも済んだので、校庭を後にして校舎の展示を見て回ることにした。

そのうちのひとつ、人で賑《にぎ》わう教室のひとつで小雪は足を止めた。

看板を見る限り、文化部の発表会場のひとつらしい。

「こういうのも面白《おもしろ》そうね、ちょっと見ていく？」

「いいけど後悔するなよ？」

「な、何よ。ここってお化け屋敷じゃないんでしょ？」

軽く脅しをかけるが、小雪は迷いなくその教室へと踏み込んだ。

中には長机がずらっと何列も並び、等間隔でクラブや同好会のスペースが配置されている。

パイプ椅子に座った生徒らが売っているのは、ホッチキスで留めた文芸誌といったオーソドックスなものから、フルカラーの室外機の写真集といったマニアックなものまで異様に幅広い。

野良猫《のらねこ》の写真集を購入して、小雪は吐息をこぼす。

「なんだかあれね……朔夜《さくや》が毎年行ってるコミケってこんな感じなんでしょ？」

「そうらしいな。興味があるなら、今年の冬は一緒に行ってみるか？」

「うーん……気になるけど、人混みはねえ……うん？」

難しい顔で唸《うな》る小雪だったが、ふと足を止める。

数歩後ずさり、素通りしたばかりのスペース主の顔を見て――きょとんと目を丸くした。

「なんで朔夜がいるわけ……？」

「いらっしゃい、お姉ちゃん。それにお義兄様《にい》も」

「よう、朔夜ちゃん。頑張ってるみたいだな」

出迎えてくれた朔夜に、直哉は軽く片手を上げた。

スペースにはひとりきりで、真っ白な敷布の上に作った冊子を並べている。

バニー姿の姉をじーっと見つめ、朔夜はすっと携帯のカメラを向けた。

「そこの可愛いバニーさん。鬼のように連写してもいいですか？」

「だっ、ダメに決まってるでしょ！」

「ちぇー。それじゃせめて一枚。文化祭の思い出を作りたいの」

「うぐっ……し、仕方ないわね……」

「ありがとお姉ちゃん。それじゃ、お義兄様と腕を組んで、ほっぺにちゅってする感じで、足の角度はこんな感じで――」

「注文が多いわ！」

普通の棒立ちを一枚撮らせてあげてから、小雪は朔夜のスペースをじろじろと見つめる。

「それより朔夜。あんた、こんなところで何やってるのよ」

「見れば分かるでしょ。会誌を売ってるの」

朔夜はテーブルに積んだ冊子の一冊を手にし、ずいっと差し出す。

「うちの会誌は一部百円です。立ち読みも大歓迎だよ」

「あんた帰宅部だったはずじゃない……いつの間に文芸部に入ったわけ？」

「やだな、お姉ちゃん。ここは文芸部なんかじゃないよ」

朔夜はこてんと首をかしげてみせる。

そのついで、議会で使うような立派な名札を卓上に出してトントンと叩く。

そこにはこう書かれていた。

「ここは白金会のスペースだよ」

「えっ……し、しろがね……？　なに……？」

「正式名称は『白金小雪と笹原直哉を見守る会』。お姉ちゃんたちを観察して、ニヤニヤするだけの同好会」

「何⁉　ほんとに何それ⁉」

「ちなみに私が立ち上げ人兼会長。今回は記念すべき会誌の第一号ということで、お姉ちゃんをテーマに自由なレポートを――」

金会

「そこまで聞いてない！　ひとまずその冊子を寄越しなさい……！」

どんっと胸を叩く妹にもかまわず、小雪は冊子を奪い取る。

直哉も横から覗き込んでざっとそれを読ませてもらった。

ぱらっと表紙をめくった途端、一ページ目から小雪の生い立ちが書かれていた。

二〇××年十二月二十四日午前三時四十五分、三千五百六十グラムで誕生……。

文字情報だけでなく身長の変遷《へんせん》グラフが添えられていたりして、なかなか見応えのある内容だった。ちなみに体重はさすがに配慮したのかシークレットである。

冊子を勢いよく閉じて小雪はわなわなと震える。

「ほ、ほんとに私のことが書かれてあるし……あんた、実の姉を何だと思ってるのよ⁉」

「研究対象。もしくは推しのひとり」

「曇りのない目で断言するな！　そもそも誰が買うのよ、こんなの……」

小雪が沈痛な面持ちで肩を落とした、そんなタイミングだった。

「その会誌、一冊お願いできるかしら」

よく通る声が背後で響く。

そこに立っていたのは桐彦《きりひこ》だ。

ラフだが上等なジャケットを羽織《はお》り、薄い色の入ったサングラスをかけている。

同好会の研究発表という地味めの展示に迷い込むには、やや場違いなオーラだ。おかげであたりがざわっとした。

そんな彼に、直哉は軽く頭を下げた。

「ちっす、桐彦さん。仕事は終わったんすね」

「当然よ。今日ここに来るために徹夜で片付けたわ」

ウィンクしてみせる目元には隈《くま》が色濃く浮かんでいたが、化粧でばっちり隠していた。

朔夜がすこし緊張を孕《はら》んだ面持ちで、いそいそと冊子を差し出す。

「どうも茜屋《あかねや》先生。こちら、お代はいりません。先生にもご寄稿いただきましたし」

「そんなわけにはいかないわ。もちろんお金は払うわよ」

桐彦は優雅な手つきで財布を開き、ぴかぴか光る百円玉を取り出した。

朔夜の手をそっと取り、そこに恭《うやうや》しく乗せる。どこかプロポーズめいた光景だった。

「しっかりと対価を払うことこそが、クリエイターへの敬意を示す一番の手段ですからね」

「先生……ありがとうございます」

ふたりはじっと見つめ合い、うなずき合った。

いい話だが、小雪は怒髪天をつく勢いで怒声を上げる。

「現役《げんえき》の作家先生まで巻き込んで何をやってるのよ、あんたは⁉」

「先生だけじゃないよ。恵美佳先輩にも書いてもらった。三万字超の力作」

「ひょっとして、さっき見えた極小フォントのページ⁉」

もう一度冊子を開いて確認するものの、学術論文と見まがうような文章量に圧倒されてすぐに閉じてしまう。それでも直哉の動体視力は、小雪に着せたいコスプレ衣装を熱く語る文章をしっかり読み取っていた。

次に着せたいのは巫女《みこ》服らしい。

直哉はあごに手を当てて感嘆の声を上げる。

「さすがは委員長さんだな。いいチョイスだ」

「まさか直哉くんまで一枚嚙んでるんじゃないでしょうね……？」

「いや、俺も誘われたんだけどさ」

粘りつくような懐疑のまなざしを受け、直哉はかぶりを振る。

小雪に関して、直哉はある意味第一人者である。

そういうわけで執筆のお願いが来たのだが、丁重にお断りしておいた。

「小雪との思い出は俺だけのものだろ？　わざわざ文字にして他人に喧伝《けんでん》するのも、なんか違うなと思ってさ」

「そ、そう、よかった……ってそうじゃなくて、こういう邪《よこしま》な企《たくら》みを察知したのならまず私に報告しなさいよ⁉」

「いやあ、朔夜ちゃんに口止めされちゃってさ」

「言ったらお姉ちゃん止めるでしょ？」

「当たり前でしょうが！　そんな馬鹿《ばか》げた会、とっとと解散しなさい！」

ピシャッと言い放ち、小雪は頭から湯気を立てて展示教室を出て行った。

直哉は朔夜らに別れを告げ、その背中を追いかける。

「まあまあ機嫌を直せって。甘いものでも食べに行くか？」

「ふんだ、晒《さら》し者にされて黙ってろって言いたいわけ」

「それは違うだろ。みんな小雪のことが大好きなだけじゃんか」

小雪の足がぴたりと止まる。

ちらりと直哉を振り返った瞳《ひとみ》は、夜空に瞬く一番星のような煌《きら》めきをまとっていた。

「……そうなの？」

「そりゃそうだろ。こんなの相手のことが大好きじゃなきゃ作らないって」

去り際に買い求めたばかりの冊子を、改めて小雪に手渡す。

コピー誌を折って留めただけの質素な冊子だが、それでもかなりの厚さだ。折り目もピシッとしているし、作り手の愛情を感じさせる。

それが小雪にも伝わったのか、目の輝きが増した。

機嫌が直るまでもう一押しである。直哉は畳みかける。

「やっぱりさすがの人望だよなー。人の心を奪うっていうか、魅了するっていうか」

「ふ、ふふん。そうね、そうなのよ。なんたって私ってば完璧超絶美少女ですもの！」

小雪は芝居がかった調子で、髪をふぁさあっとかき上げる。

シャンプーのいい匂いがふんわりと香り、絹糸のように繊細な髪がきらきらと踊る。機嫌は元通り……いや、元以上に回復した。小雪はドヤ顔で言い放つ。

「実の妹が会長っていうのはどうかと思うけど……同好会やファンクラブのひとつやふたつ、できて当然だわ。ふふふ、どうしてこれまで気付かなかったのかしらね！」

バニーさんの哄笑《こうしょう》が廊下に響き渡る。

しかし、ひとしきり笑ったあとで小雪の表情はふっと和らいだ。

「ふふ、好きって気持ちをもらうのって……やっぱり嬉しいものね」

「よかったな。そのうちその冊子も辞書並みに分厚くなるかもな」

直哉はそれに柔らかく相づちを打つ。

そのせいか小雪はますます得意になって鼻を鳴らした。

「ふっ、あなたみたいな凡人ではとうていたどり着けない高みよ。この輝かんばかりの人望にひれ伏しなさい……とは言ったけど、本当に跪《ひざまず》く必要はないからね？」

「いや、是非ともやらせてほしい。今このバニー姿を床からのアングルで拝んでおかないと、きっと一生後悔すると思うから」

「真顔がシャレになってないから！　こんな往来でやめなさい！」

「往来じゃなきゃいいんだな⁉　よし！」

「言質取った、みたいな顔をするな！　どこだってダメよ！」

人の多い廊下の隅で、ふたりはぎゃーぎゃーと痴話喧嘩《ちわげんか》を繰り広げる。

しかし、それも女子の集団に声を掛けられるまでのことだった。

「あっ、笹原くんじゃん。この前はありがとね！」

「はい……？　あっ、う、うちのクラスの……」

相手の顔を見て、小雪が少しだけ身構える。

先日、結衣の紹介で相談に乗った女子生徒だ。直哉のアドバイスが効いたおかげで、恋を勝ち取った。他の面々も小雪のクラスメートで、見たことのある顔ぶれだった。

当の小雪は、ささっと直哉の背後に隠れてしまう。

結衣や恵美佳といった友達ができたものの、まだほかのクラスメートと距離を詰めるまでは至っていないらしい。人見知り特有の気まずさが背中に突き刺さる。

そんな小雪に触れず、直哉は女子生徒らに笑いかける。

「どうも。あれからどうだ？」

「うん！　おかげでラブラブよ、このあと彼と一緒に回るんだ」

そう答える女子生徒は幸せ全開の笑顔を見せてくれた。

どうやら相当うまく進んでいるらしい。

他の女子たちも興味津々とばかりに直哉のことを取り囲む。

「きみが例の笹原くん？　白金さんの彼氏の？」

「なんかすごいズバズバ言うし、当たるんだってねえ。今度私のことも見てよ。バイト先の先輩と最近いい感じなんだけど、なーんかピンと来なくてさ。ちなみにこれが写真ね」

「あー、この人相はオススメできないな。多分、すでに二股《ふたまた》か三股《さんまた》してる」

「うっそ、やっぱり？　そんな気はしてたけど……なんで分かるのよ、ウケる～！」

「私の彼氏も見て！　浮気《うわき》とかしてないわよね？」

女子生徒らはケラケラと笑い合い、矢継ぎ早に直哉へ相談を持ちかけてくる。

「わ、私より人望がある……！」

その光景に打ちひしがれる小雪だった。

しかしそのショックも長くは続かず、すぐにハッとして女子らから直哉を引き剝《は》がす。

「っていうか……みんな距離が近いってば！」

そのまま今度は自分が直哉の前に立ちはだかった。

ぴりぴりした空気を纏《まと》い、女子生徒らを睨み付けるその姿は、かつて恐れられていた『猛毒の白雪姫』に近い。しかし、対峙《たいじ》する相手の反応はかつてとまるで違っていた。

「このひとは私の所有物なの。会話するなら私の許可を取ってちょうだいな。クラスの子だからって例外はなしよ」

「大丈夫だって、白金さん。ふたりがラブラブなのはみーんな知ってるし取らないよ」

「あたしはちゃんと彼氏がいるしねー」

みな微笑ましそうにニコニコするばかり。

小雪の威嚇《いかく》が強がりだと完全に察してしまっていた。

それでも小雪は手負いの獣よろしく、犬歯を見せて唸《うな》ってみせた。

「それでもダメ！　行くわよ、直哉くん！」

「はーい。もっと話を聞いてほしいなら、別途相談所をご利用くださーい」

小雪に引っ張られながら、直哉は彼女らに営業をかけておいた。

しかし、それ以降も以前相談に乗った女子たちが話しかけてきた。

その都度、小雪が相手に敵愾心《てきがいしん》を燃やし、逃げるようにしてその場を去ったので――気付いたときには校舎裏に迷い込んでいた。

日当たりが悪いくせに、雑草がたくましく伸びている。

文化祭の喧騒《けんそう》は近くて遠い。少し肌寒いせいか、他に人影は見当たらなかった。

アスファルトの段差に腰を落とし、小雪はため息をこぼす。

「まったくもう、直哉くんも急に知名度が上がったわね」

「あはは、ごめんごめん」

その隣に腰掛けて、直哉は道中で買い求めておいたビニール袋を差し出す。

「迷惑かけたお詫《わ》びに綿あめでも食うか？」

「ふんだ。お菓子でご機嫌を取ろうったってそうはいかないんですから」

「あ、いらない？　なら朔夜ちゃんにでも渡してくるけど」

「察してるくせに……！　お菓子に罪はないからもらうに決まってるでしょ!!」

袋をひったくり、綿菓子に齧《かじ》り付く小雪だった。次第に眉根《まゆね》に寄ったしわが消えていく。直哉の狙い通り、糖分を摂取するうちにイライラも少しは治ったらしい。

ふわっふわの綿菓子が半分ほどの大きさになったころ、小雪がため息混じりに口を開く。

「でも……ひとは変わるものね」

隣に座る直哉をちらりと見やり、わずかに小首をかしげてみせる。

「直哉くんってば急に人気者じゃない。ちょっと前まであなた、私と同じように人付き合いのほとんどを避けてきたんでしょ？」

「そうだなあ」

直哉は鷹揚《おうよう》にうなずく。

心が読めるからこそ、立ち入った人間関係を築かないようにしてきた。

そんな自分が不特定多数の恋愛相談に乗っているのだから、小雪でなくとも疑問に思うのは当然だった。

「岩谷《いわたに》先生とか、ひとりふたりの相談に乗るくらいなら分かるのよ。でも、それ以降もいろんな人の話を聞いてるのって……いったいどうしてなの？」

「まあ、単純に頼りにしてもらえるのが嬉しいってのもあるんだけどさ」

たいていの人は悩みに悩んだ末、最後の駆け込み寺として直哉に頼ってくる。

だから力になりたいと思うのと——最近ではもうひとつ理由ができていた。

少し気恥ずかしくて、頰をかきつつ続ける。

「何ていうかさ、俺は普通の恋ってのができないから」

「普通の、恋……?」

「うん。この前のデートで、小雪も身にしみただろ」

そこで言葉を切って空を見上げる。

校舎と校舎の間に挟まれて、切り取られた空はひどく狭い長方形だ。

吹き込む風も乾いていて、閉鎖的な空間にしんとした空気が満ちる。

直哉は軽く目をつむって続けた。

「俺は察しがいいからさ、相手の考えが全部読めてしまう。だから、好きな子が俺のことを本当に好きなのかどうか……そういうことで悩まない。悩めないんだよ」

恋の悩みは様々だ。

好きな人の気持ちが分からなくて悩み、自分のことをどうやって好きになってもらえばいいのかと悩む。

だが、直哉はそんなところで躓《つまず》かない。

顔を見ただけで相手の考えも、何を求めているかも、すべて読めてしまうからだ。

「俺が味わうことのできない、みんなが普通に経験している普通の恋ってのが……どんなものなのか知りたかったんだ。だからこういう相談を受けて――」

その言葉は半ばで途切れた。

小雪が残った綿菓子を、直哉の口にすべて押し込めたからだ。ふわふわの感触は口の中ですぐに溶けて消えてしまう。目の覚めるような甘さが舌に刺さる。

綿菓子が消えたあとも、直哉は口をつぐんだままでいた。

小雪の言葉を待ったのだ。

真剣な目で直哉を見つめながら、小雪はゆっくりと口を開く。

日陰の中にあってもなお、その頬が赤く染まっているのがよくわかった。

「私は……こんな変わった恋でよかったと思うわよ」

絞り出されたのは、遠くの喧騒にかき消されそうなほどに微《かす》かな声。

だが、直哉はしっかりとそれを耳で捉《とら》えた。

小雪はさっと目を逸《そ》らす。

もごもごと言葉を濁しながら、足元の雑草の中から次に繋がる台詞《せりふ》を探そうとする。

「だから、その……えっと……な、なんて言えばいいのかしら……こんなとき」

「うん、大丈夫。今ので全部伝わったから」

直哉はにっこりと笑う。

こんなとき、やっぱり自分が普通とかけ離れていてよかったと思うのだ。

大好きな子の不安に、誰よりも寄り添うことができるから。

「バカだな、小雪は。不満なんてあるわけないだろ」

小雪の手をそっと握る。

寒々しい校舎裏で、互いの体温が触れた場所から溶け合って、季節がひとつ戻ったように手のひらがじんわりと汗ばんだ。

「どれだけ変でも……これは俺と小雪だけの、唯一無二の恋だ。それを誇りに思いはしても、やり直したいなんて一度も思ったことなんかない。だから安心してほしいな」

「直哉くん……」

小雪は瞳を潤ませて喉《のど》を鳴らす。

しかし、急に気恥ずかしくなったのか、直哉の手をぱっと離してそっぽを向く。

「そ、そうよね。もしもあなたが鈍感なひとだったら、私はとっくに愛想を尽かしていただろうし。変わったスキルに感謝しなさいな」

「そうだなあ。鈍感だったら、さぞかしフラグをバキバキに折りまくってたんだろうな」

「うぐっ……私のメンタルも確実にバキバキになっていたわね……」

小雪は青い顔で喉を鳴らしながらも、ぐっと拳を握ってみせる。

「でも、絶対諦めなかったんだからね。何としてでも振り向かせてやったわ」

「それはそれで楽しみだったかな」

愛想を尽かしたはずなのでは、と無粋なツッコミはしなかった。

ただ、直哉はニヤリと笑って自分の唇を指し示す。

「とりあえず欲を言わせてもらえば……今のは綿菓子じゃなくて、キスで黙らせてくれた方がよかったかなあ」

「ばっ……バカなことを言わないでちょうだい！　なんでこの私が、あなたにそこまでしてあげなきゃいけないのよ」

「えー。小雪がキスしてくれたら、俺はどれだけ落ち込んでても一瞬で元気になるのになー」

「知らないわよ。勝手に沈んでなさい、って……近い！」

じわじわ顔を近付けていくと、小雪は全力で押し返してきた。

こんな校舎裏で時間を過ごすなんて、文化祭の楽しみ方からは少し外れるかもしれない。

それでも――。

（たぶん、ここでの出来事を一生覚えてるんだろうなあ）

そんな確証が直哉にはあった。

小雪もまったく同じことを感じているらしく、まともにこちらの目を見ようとしなかった。

そういうわけで、ふたりはふたりなりに文化祭を満喫していたのだが――それはひとつの足音によって中断された。

「こんなところでイチャイチャしてた……！」

「うん？」

ふたりの前に突然現れたのは結衣である。

よほど急いで走ってきたのか息を切らせており、まとめた髪もぼさぼさだ。

そしてその制服の袖《そで》には『文化祭実行委員』という腕章が飾られていた。

肩で息をする幼馴染みに、直哉は軽く言ってのける。

「よう、結衣。俺はもちろん大丈夫だけど、小雪はちょっと渋ると思うぞ。友情を盾にして迫るとコロッと落ちるけど」

「りょ、了解……話が早くて助かるよ、直哉」

「頼むから普通に会話をしてちょうだい。あと、イチャイチャはしてないからね」

小雪は渋い顔で結衣の背をさする。

やがてその息も落ち着いた。結衣は額の汗を拭《ぬぐ》い、手短に事情を説明する。

「まあざっくり言うとね、文化祭のステージ企画の参加者が足りなくて。それで直哉と小雪ちゃんに、ぜひとも参加してもらいたいんだよ」

「実行委員は大変ね……」

小雪はしみじみと労《ねぎら》いの言葉をかけてから、深刻な顔で悩み込む。

「ステージってことは、大勢のひとの前に出るのよね。ちょっと恥ずかしいけど……結衣ちゃんが困ってるみたいだし……」

苦悩にかけた時間は短かった。

小雪はどんっと胸を叩き、堂々と言い放つ。

「分かったわ。出てあげようじゃない」

「ありがとう、小雪ちゃん……！」

結衣は涙ながらに小雪へ熱い抱擁を送った。美しい友情の光景だ。

直哉がそれにほのぼのしつつ、これから訪れる最高の役得イベントに胸を躍らせていると

――結衣が笑顔で言い放った。ぐっと親指を立てて全力のエールを合わせて。

「それじゃ頑張って勝ってきてね、最強ラブラブカップル決定戦！」

「辞退します!!」

そう叫んだ十分後、小雪は直哉とともにステージに上がっていた。

結衣の涙ながらの説得に、ころっと転んだのだ。

六章 ラブラブカップル決定戦

大月《おおつき》学園の文化祭は、主に分けて三つの催《もよお》しで構成されている。

ひとつはクラスごとの展示、ひとつは部活動の発表。

そしてもうひとつは——体育館で行われるステージ企画だ。

演劇部の上演や軽音部のライブ、はたまた落語研究会による寄席《よせ》といった渋いものまで多岐にわたり、文化祭の間はずっと何かしらの催しが行われている。

パイプ椅子が数多く並んでいるため、休憩所として足を止める客も多い。

そしてちょうど正午のこの時間。

今まさに、たいへんに頭の悪い一大企画が始まろうとしていた。

ほとんどの観客席が埋まっていて、立ち見客も大勢いる。

みな期待の面持ちで今か今かと開始を待っていた。

そして満を持してステージの袖《そで》から結衣《ゆい》が現れる。観客たちに軽く頭を下げてから、手にしたマイクで朗々と告げた。

『さあ、お待たせいたしました皆々様！　これより始まりますのは、本日のメインイベントのひとつ……！』

　ぱっと天を指し示す。

　それと同時、ステージ中央のくす玉が割れて中から紙テープと垂れ幕が下りてくる。

　そこにはこう書かれていた。

　最強ラブラブカップル決定戦。

『数々の試練を乗り越えて、誰《だれ》より愛を証明するのはどのカップルか！　最強ラブラブカップル決定戦、ご愛顧にお応《こた》えして今年も始まるぞー！』

　わああああああっっ！

　結衣の宣言により、場の興奮は最高潮。文化祭のいちイベントのはずが、クラブや野外フェスもかくやあらんという沸《わ》き立ちぶりだった。

「なにこれ……」

　それを舞台袖から覗《のぞ》き見て、小雪《こゆき》はこの世の終わりのような顔をしていた。

　バニー服ではなく制服姿である。参加自体は渋々呑《の》んだものの、あれでステージに上がるくらいなら死を選ぶという本人たっての申し出でぱぱっと着替えを済ませてきた。

　そんな中、直哉《なおや》は小雪の疑問に簡潔に答える。

「残念ながら、伝統のイベントらしいぞ」

　その昔の在校生がおふざけで行った結果、思いの外受けて毎年恒例になったらしい。

実際、直哉たちと同じく舞台袖に控えている他の参加者たちは照れくさそうに黙り込んでいたり、緊張を誤魔化《ごまか》すためにぎこちない雑談に興じていたりするものの、おおむね乗り気で目がキラキラしていた。

これを楽しみに、毎年遊びに来る卒業生も多いという。

この世の終わりとも言えるし、平和ボケしているとも言える。

「伝統はたしかに大事にしなきゃいけないものよ。でもね、物には限度ってものがあってね……」

小雪はアイスをバカ食いした直後のようにこめかみを押さえて、その顔に色濃い苦悩を浮かび上がらせる。

元の顔立ちが人形並みに整っているため非常に絵になったが、当人の憂悶《ゆうもん》は本物だ。

絞首台を昇る囚人のようなオーラをまとう小雪だが、ひとまずステージの説明に耳を傾《かたむ》ける。

『ルールは簡単。いろんな勝負が出されるので、ふたりで力を合わせて勝ち進みましょう。最後まで残ったふたりが、今年度一番のラブラブカップルってこと！』

「なんだ、勝ち抜き戦なのね。それならもう一回戦でサクッと負けちゃいましょ。それが一番――」

『ちなみに今回も豪華賞品があるよー！　みごと優勝されたふたりにはなんと……』

小雪がほっと胸をなで下ろしたとき、結衣が言葉を切ってスタッフからラッピング袋を受け取る。そのリボンをほどいて取り出したのは――。

『大人気キャラクターにゃんじろーの、非売品グッズセットを進呈しちゃいまーす！』

「っっ……なんで⁉」

ぼんやりした顔の猫が、サメを一本釣りしているぬいぐるみである。

直哉からすると「シュールな品だなあ」という感想になるのだが、小雪は血相を変えて直哉の胸《むな》ぐらを揺さぶってくる。

「あ、あれは三年前に地元の漁港とコラボしたときに作られたぬいぐるみ……！　マニアの中でも滅多《めった》に持っている人のいない激レアグッズよ⁉」

「このイベントのために、毎年卒業生がいろいろと景品を融通してくれるらしいぞ。直接その漁港からもらったんじゃね？」

「まさか直哉くん、あらかじめこのトラップを知って……⁉」

「さすがにこれは予想外」

直哉は両手を挙げて身の潔白を誓う。

とはいえ先ほど結衣が探しに来た際に含み笑いをしていたので、なんとなくこの展開は読めていた。妹の夕菜《ゆうな》が、にゃんじろーで小雪と意気投合したことは結衣もよく知るところだ。

（結衣の奴……あの賞品を目の前に吊《つ》り下げたら、小雪がいい勝負を繰り広げてくれるって読んだんだろうなあ）

すべてはイベントを盛り上げるためである。

参加者が足りないと言っていたわりに、まわりに十分な人数が揃《そろ》っているのがその証拠。

もちろん直哉はそれを承知で了承した。

「ううう……プールでもにゃんじろーのグッズに釣られちゃったけど……ここでもまたこのパターンなの⁉　日常が浸食されている……裏で何かしら大いなる力が働いているんじゃ……」

「それは考えすぎだって。にゃんじろーが単に大人気なだけだろ」

「くっ……推しが世界に羽ばたいて辛《つら》い……」

小雪の眉根《まゆね》に、ますます深い皺《しわ》が刻まれる。

しかし、それは先ほどまでの単なる苦渋《くじゅう》の表情ではない。負けられない戦いに臨む、不屈の戦士のそれだ。

そんな小雪の肩を、直哉はぽんっと叩《たた》く。

「ま、こうなったら仕方ないよな。全力でラブラブカップルとしての格を見せつけてやろうぜ」

「いい笑顔ね……⁉　ほんっとあなたはこういうときばっかり――うん？」

鬱憤《うっぷん》をぶつける小雪だが、そこで視線が直哉の背後に釘付《くぎづ》けとなった。

スタッフによって連れられて、新たな参加者ふたりがやってきた。どちらも事態が呑み込めていないのかオロオロしている。

そんな彼らに、小雪はきょとんと声をかけた。

「アーサーくん？　それにクレアさんも！」

「こ、コユキ様……！」

クレアもまたこちらに気付き、不安そうに首をかしげてみせる。

「いったいこれは何ですの？　急に呼び出されたのですが……」

「何って、最強ラブラブカップル決定戦ってイベントだけど」

「……はい？」

「かっ、カップルだって……⁉」

言葉を失うクレア。

その隣で、アーサーもまた蒼白《そうはく》な顔で絶句した。

そんなふたりの反応を見て、直哉はしみじみとうなずくのだ。

「あー、なるほど。まあ腹をくくって頑張れよ」

「えっ、ふたりも参加者なの……？」

きょとんとしつつ、小雪がこそこそと耳打ちしてくる。

「いつの間にかこっそり付き合い出してたの……？　全然そんなふうには見えなかったけど」

「それはフライングだなあ。こいつらまだ告白も済ませてないぞ」

「じゃあなんで……？」

「はい、参加者の方々はステージの方へー」

小雪の疑問に答える前に、スタッフに促されてステージに出ることになった。

他の参加者たちとともに登場すると、万雷の喝采《かっさい》が出迎える。ちらほらと知っている顔も見えるし、最前列でサイリウムを振っている一角などは完全に身内だ。

「お姉ちゃんにお義兄様《にいさま》、頑張ってね」

「せいぜい見せ付けてやるのよー」

「はわわ……！　目線ちょうだい小雪ちゃん……！」

「朔夜《さくや》、桐彦《きりひこ》さん……それに恵美《えみ》ちゃんまで……」

盛り上がる三人の熱意に反し、小雪が『やっぱり即時敗退が一番かしら……』という顔をする。そんな思惑に反し、マイクを握った結衣は意気揚々とアナウンスを続けた。

『それじゃ、栄えある参加者を紹介しちゃおっか。まずはひと組目。アーサーくんとクレアちゃんの留学生兄妹です！　拍手ー！』

入場のときと同じ、割れんばかりの拍手が巻き起こる。観客たちの見る目はどこか優しい。

「ま、待ってくれないか……⁉」

そこにアーサーが声を上げげた。

結衣に詰め寄って、そもそもの前提からツッコミを入れるのだが——。

「僕たちは兄妹なんだが⁉　か、カップルなんて、その……とんでもない！」

「『とんでもない』……？」

それに、クレアがこっそり顔をしかめる。

結衣は結衣であっけらかんと言ってのけた。

『ああ、ご心配なく。カップルだけだと参加者が限られちゃうんで、仲良し兄弟とか親友同士とか、そういうのでもエントリーできるんだよね』

実際、結衣が示す他の参加者の中には、女子同士や男子同士という顔ぶれもちらほら見られた。中にはそういうカップルも混じっているが、単なる友達であるパターンも多い。

『同性カップルももちろん参加ＯＫだし、兄弟愛も異性愛でもラブには変わりがないでしょ？ちなみにアーサーくんとクレアさんは、事前に行われた校内アンケートによる推薦枠となりまーす』

「いつの間にそんなアンケートが⁉」

『ふたりとも目立つからねえ。そういうわけで、アーサーくんとクレアちゃんの仲良し兄妹でした。二組目は――』

アーサーの抗議をガン無視し、結衣はよどみなく進行を務める。

そんなふたりの様子をうかがいつつ、小雪はわずかに眉《まゆ》を寄せてみせた。

「あら、そういうことなのね。みんなただの仲良し兄妹だと思って投票しちゃったんだ」

「最近は小雪のアドバイスのおかげで距離が近かったしな」

「ええ……それは責任を感じちゃうわね。両片想《かたおも》いでこんな場所に引きずり出されちゃうなんて災難だわ」

アーサーは『僕たちがカップル……⁉』と困惑しているし、クレアはクレアで先ほどのアーサーの台詞《せりふ》にもやっとして顔をしかめている。

見事なすれ違いっぷりである。

(なるほど、これがすれ違い……やっぱ興味深いよなあ)

そんな思いでしみじみ見守っている間に、直哉と小雪の紹介が回ってきた。

結衣が営業スマイルを添えて、ずいっとマイクを向けてくる。

『そしてこっちは飛び入り参加の、笹原《ささはら》直哉くんと白金《しろがね》小雪ちゃんでーす。ふたりとも意気込みをどうぞ！』

「へ？　きゅ、急にそんなこと言われても……！」

小雪はあたふたと視線をさまよわせる。

そのせいで、今さらながら大勢の視線を集めてしまっていることに気付いたらしい。

一瞬で顔が真《ま》っ赤《か》に染まって、思考回路が処理落ちする。あわあわと口を何度か開閉してから――結衣からマイクを奪い取り、やけくそ気味に言い放った。

「この希代の美少女たる私が、こんなくだらない催しに参加してあげるんだから……せいぜい光栄に思うことね！　頭を垂れて崇《あが》めなさい！」

「『賞品がどうしても欲しいから頑張ります。お手柔らかにお願いします！』だそうです」

「よどみなく訳すな！」

べしっと背中を叩かれると同時に、観客たちがどっと沸いた。摑《つか》みは完璧《かんぺき》である。

これには司会の結衣だけでなく、他の参加者たちも多いに舌を巻くこととなった。

『いやはや、開幕一番に夫婦漫才とは……やっぱりこのふたりは侮れないね！　今年の優勝は決まったか⁉』

結衣が囃《はや》し立てると、場の空気はさらに熱せられた。

直哉らが勝つのにジュースを賭《か》ける生徒らもいて、みなの注目がますます集まることとなる。

そのせいで、小雪はますますたじたじだ。

「ううっ……何を目立っちゃってるのよ……私はただ、にゃんじろーをお家に連れて帰りたいだけなのに……！」

「いやでも、目立たないと勝てないぞ。ほらこっち来て」

「ちょっ……！　な、なに⁉」

「いえーい。俺《おれ》たちこの通りラブラブでーす」

そんな小雪の肩を抱いて、直哉は観客席にピースを送る。アピールは予想通りに成功し、さらに大きい歓声が飛んだ。観客たちの心は、これであらかた摑めただろう。

真っ赤になって慌てふためく小雪に、直哉はそっと耳打ちする。

「この企画、最終的には観客の人気投票で決まるんだ。だから好感度をガンガン稼いでおくのが勝負の肝《きも》になるんだよ」

「うぐっ……そ、そういうの、私が一番苦手なやつじゃない⁉」

「だから俺がいるんだろ」

直哉はニヤリとほくそ笑む。

小雪が優勝賞品をお望みとあれば……やるべきことなど決まっている。

「俺ならこの程度の人心……イベント中の短時間で掌握するくらいわけないよ。必ず小雪のために優勝をもぎ取ってみせるからな」

「う、嬉《うれ》しいようなはた迷惑なような……いや、それでもやっぱり距離が近いからね⁉」

小雪が直哉の腕から抜けだして距離を取る。

その様も、威嚇《いかく》する子猫を思わせて実にコミカルなものとなった。

直哉の読み通りに、どっと笑い声が起きる。

「白金さんってあんな子だったんだ……」

「誰よ、《猛毒の白雪姫》なんて最初に言い出したひとは。あれじゃ《蜂蜜《はちみつ》コーティングの白雪姫》じゃない」

「いいぞ、バカップル！　もっとやれー！」

やいのやいのと沸き上がる歓声は、どれもふたりに好意的だ。

それに、直哉はこっそりと口角を持ち上げて笑う。

（ふっ……人間ってのはギャップに弱いからな。悪名高かった小雪が普通の女の子らしい反応

を見せれば、どうしたって好感度が上がるもんだ）

いわば、劇場版ジャイアンの法則である。

小雪の可愛《かわい》さが他人に知れ渡るのはいただけないが、背に腹は代えられない。

「あれ、ちょっと待ってちょうだい。姉妹《しまい》とか友達同士で出てもいいのなら、最初から朔夜か恵美ちゃんと組めばよかったんじゃ……」

小雪がそんなことに気付きはじめたころ、ほかの参加者の紹介が終わった。

結衣は手早くスタッフたちに指示を飛ばす。

『さーさー、それではサクサク進めてまいりましょー。最初の勝負は……じゃーん！　クイズ対決でーす！』

そう高らかに宣言し、フリップをかざしてみせた。

参加者ひと組ずつにスケッチブックが配られる。

しかし、クイズはクイズでも、ただのクイズではなかった。司会者がお題を出し、ペアのひとりがスケッチブックにその回答を書き、もうひとりが書かれた内容を当てるという形式だ。

相手の趣味嗜好《しこう》を完全に理解していなければ、正解はもぎ取れない。

そういうわけで――――もちろん直哉が当てる側に回った。

椅子に縛り付けられて、黒い布きれで目隠しされた状態で、直哉はすらすらと答える。

「小雪の好きな食べ物は……『駅前クレープ屋の納豆たくあんクレープ、チョコレートソースがけ』だな」

『おおーっ！　直哉&小雪ペア、五問連続大正解！』

結衣が観客席に見えるようにスケッチブックを高々と翳《かざ》す。

もちろんそれに、観客は大いにどよめいた。スタッフや参加者たちも面白《おもしろ》がっているのが、目隠ししていても空気を介して如実《にょじつ》に伝わってくる。

『一字一句正答するというあまりの精度に、当初はカンニングも疑われましたが……ご覧の通り、目隠しをしてもこれです！　幼馴染《おさななじ》みの私も、ちょっとどうかと思いますね！』

「あはは、俺たちくらいラブラブなら造作《ぞうさ》もないって」

「これ、本当にラブラブ度合いを測れてる……？　びっくり人間コンテストとか、そういうのじゃなくって？」

小雪が渋い顔で直哉を小突く。

あまりにもドンピシャで当てられたせいで、途中からわざと意味不明な回答を書いたのに、それすら当てられたのが心底癪《しゃく》に障《さわ》るらしい。

「なんだよ、勝てたんだからいいだろ。これで優勝はほぼ間違いなしだ」

「いいわけないでしょ。あなたはともかく、この私まで珍獣を見る目で見られてるんだから……うん？」

そこで小雪はふと首をかしげてみせる。

「これだけ圧勝しても、優勝は『ほぼ』間違いないの？」

「ああ。強力なライバルがいるからな」

目隠しを解いて見れば、ちょうどその好敵手が回答する番だった。

マイクを向けられて少々まごつきながらも、アーサーはしっかりとした声で答える。

「クレアの好きな食べ物は……『母さんが作ってくれるスコーン』だ」

『正解！　アーサー＆クレアペアも五問連続大正解です！』

結衣のアナウンスが響き渡ると同時、いくつもの歓声が上がる。

『さすがは仲良し兄妹。互いのことはよーく理解しているというわけですね』

「そ、そういうことだね。何しろ幼い頃からずっと一緒に育ったんだから」

『ちなみにクレアちゃん。お兄さんの好きな食べ物は？』

「そんなの簡単ですわ」

クレアはふっと微笑を浮かべ、兄にびしっと言い放つ。

「ずばり、『コンビニに売っているプリン』です」

「はあ……？」

しかし、その勢いに反してアーサーの反応は芳しくなかった。

眉を寄せ、渋い顔で妹の顔を凝視する。

「僕が好きなのは『キュウリのサンドイッチ』だぞ。昔からそう言っていたじゃないか」

「えっ、だってこのところよく買って帰られるじゃないですか。わたくしの分もあわせて」

「あれはこっちに来て初めて食べたとき、おまえが好きだって言ったから……」

「えええっ⁉　そ、そうだったんですか⁉　てっきり兄様がお好きなんだとばかり……」

クレアは真っ赤になってまごついてしまう。

その反応にアーサーも頬《ほお》を赤らめ言葉に詰まり――。

『おおーっ！　惜しくも今のは不正解でしたが、結果的に仲のよさを見せつけてくれちゃいましたね！　やるねえ、おふたりさん！　ひゅーひゅー！』

結衣が全力でふたりのことを盛り上げた。

おかげで目に見えて観客たちの好感度が上がっていく。

「へえ。近寄りがたい感じだったけど、意外と可愛いところがあるんじゃん」

「妹思いのアーサーくんも推せるわ……！」

直哉と小雪もそれなりに目立ったが、この兄妹もなかなかだ。

ようやく、小雪もどこが対抗馬かを理解したらしい。あごに手を当てて険しい顔をする。

「たしかにこれは強敵だわ。でもね……」

そこで台詞を切って、小雪は舞台袖へと視線を移す。

暗がりの中で、念願のぬいぐるみがこちらをじっと見守っていた。

小雪は力強くうなずいてからぐっと拳《こぶし》を握ってみせる。

「ここまで恥を晒《さら》して負けられるもんですか……！　どんな汚い手を使ってでも勝ち進んでやるわよっ！」

「俺を使うことを暗に『汚い手』って言うなよ。一応彼氏だぞ」

ツッコミを入れつつも、ズルであるのは重々承知していた。

そこからもふたりは――おもに直哉が――破竹の進撃を見せることとなった。

勝負は勝ち抜き方式で、一回の勝負が終わるごとにライバルが減っていく。無残に散っていく彼らの骨を拾いつつ、悠々と白星を収めていった。

そして――。

『さあさあ、最終決戦に駒《こま》を進めたのはこの二組となりました！』

その宣言に、割れんばかりの喝采《かっさい》が起こる。

勝負が進むにつれて観客の数はどんどん増えていき、出入り口で入場規制がかかるほどになっていた。中に入れなかった者たちが諦《あきら》めきれず、小窓から覗き込む始末である。

今やステージに立つのは五人だけだ。

司会の結衣、直哉と小雪。そして――。

「ふっ、やっぱりここまで来たわね」

「コユキ様……」

小雪と対峙《たいじ》して、クレアはごくりと喉《のど》を鳴らした。

わずかに俯きながら、ゆっくりと言葉を絞り出す。

「最初はふざけた催しだと思いましたわ。ですが……わたくしと兄様の絆《きずな》を試す、いい機会だと思い直しましたの」

そうしてクレアがそっと顔を上げる。

そこにはステージに上がったときのような困惑は一片も浮かんでいなかった。

ただ勝利を求める貪欲《どんよく》な炎が、深紅の瞳《ひとみ》の中で燃えている。

「この勝負、絶対に負けませんわ。たとえ相手がコユキ様だったとしても！」

「おーっほっほっほ！　相手にとって不足はなしよ！」

小雪はその宣戦布告に高笑いでもって応えてみせた。

少女らの間に見えない火花がバチバチと弾《はじ》け、体育館の中で熱気が渦を巻く。

それを後方で見守っていたアーサーが、がっくりとうなだれた。

「僕は早く帰りたいんだがな……」

「まああと一戦だし、気張っていけよ」

その肩を、直哉はぽんっと気楽に叩いてみせた。

ついでとばかりに、その耳元でそっと囁《ささや》くことも忘れない。

「それで、例の答えは見つかったか？」

「……『答えは自分の中にある』か」

相談所で直哉が突きつけた言葉である。

それを、アーサーはまるで魔法の呪文《じゅもん》であるかのように口の中でつぶやいた。

小雪と睨《にら》み合《あ》うクレアをじっと見つめてから——苦しげな顔でかぶりを振る。

「分からない……見つからないままだ」

「そっか」

直哉は鷹揚《おうよう》にうなずいて彼の肩から手を離す。

そこで結衣らの準備も整ったらしい。

『最終決戦はこちら！　シチュエーション勝負です！』

アナウンスとともに、舞台袖から屈強な三人組がぞろぞろと現れる。

高校生とは思えない体格をしており、全員人相が悪い。有り体に言えばチンピラ然としていた。下卑《げび》たニヤニヤ笑いを浮かべる彼らに、観客の中には顔をしかめる者もいる。

『えー、簡単に説明すると、よからぬ相手からパートナーをどんな風に守るかをチェックさせてもらいます。ご協力いただくのはこちらの、ってちょっと⁉』

ひとりが結衣からマイクを奪い、観客を見回し朗々と告げる。

『俺たちはレスリング部のもんだ。ま、せいぜい怪我《けが》させないようにだけは気を付けるが……もし必要になったら、誰か保健室まで連れて行ってやってくれよな』

直哉とアーサーをちらりと見やり、大仰《おおぎょう》に肩をすくめてみせる。

それに笑うのは仲間のふたりだけだ。

観客らは渋い顔を見合わせる。

『はいはいマイクを返してね。この通り、ちょーっと問題行動も多い皆さんですが……今回は部費獲得のため、快くご協力いただくことになりましたー』

マイクを取り返して、結衣がさばさばと紹介を終える。

それでも元の和《なご》やかな空気は戻らなかった。

観客たちが心配そうに見守るなか、結衣は小雪にマイクを向ける。

『ちなみに、小雪ちゃんたちの出会いもこんな感じだったんだよね？』

「えっ……そ、そうね。街で知らない男の人に話しかけられたのよ」

出会いのあらましを、小雪はつっかえながらも語って聞かせる。

それに、おおーという感嘆の声がいくつも上がった。

テンプレな出会いではあるものの、テンプレはそれだけ人の心を掴むものだ。

その反応に気を良くして、小雪はますます胸を張る。

「まあ、あれくらい私にとってはどうってことなかったけど？　ひとりでも十分対処できたけど？　このひとが役に立つって分かったのはよかったわよね」

『うんうん、なるほど！　それじゃあお手並み拝見といきましょうかー』

そういうわけで、直哉と小雪が先攻となった。

結衣たちはひとまず舞台袖に下がり、小雪はレスリング部をびしっと示して言い放つ。

「行きなさい、直哉くん。あのときみたいにボコボコにしてやるのよ！」

「えっ、いいのか？」

「もちろんよ。容赦なくやっておしまいなさい」

小雪は期待に目を輝かせて殲滅《せんめつ》を促す。

どうやら直哉がいかに頼りになるか、観客たちに自慢したいらしい。

そう思ってもらえるのはたいへん光栄なのだが、直哉は苦笑するしかない。

「この場合はあんまりオススメしないかなあ……」

「どうしてよ。こんなの瞬殺のはずでしょ」

「おいおい、言ってくれるじゃねえか」

それにレスリング部がムッとして顔をしかめる。

結衣からマイクを奪った中央の生徒──どうやら彼が部長らしい。指を鳴らしながら直哉の頭の先からつま先までを値踏みするように見つめ、薄い嘲笑《ちょうしょう》を浮かべてみせる。

「そのひょろい奴《やつ》が俺たちを倒すって？　彼氏に期待しすぎなんじゃないのか、白金よ」

「あら、私のことを知ってるわけ……？」

「そりゃそうだろ。おまえのことはずっと狙《ねら》ってたんだ」

部長はニヤリと笑って舌なめずりをする。

「俺は生意気な女を屈服させるのが好きなんだ。どうだ？　そんな弱そうな奴は捨てて、お芝居でもなんでもなく俺の女になるっていうのはさ」

「はあ……？　馬鹿《ばか》も休み休み言って……直哉くん？」

小雪を背中に庇《かば》うように割り込んで、直哉は部長へにっこりと爽《さわ》やかな笑顔を向ける。

観客席の朔夜らが、残念そうな顔で手を合わせたり、十字を切ったりするのが見えた。

獣が牙《きば》を見せて笑うのは——獲物を狩るときだけだ。

「うん、小雪がお望みなら容赦しなくていいよな」

かくして五分後。

「ずびばぜんでじだあああああ!!」

レスリング部一同は号泣しながら舞台から逃げ去っていった。

その後ろ姿は気のせいか筋肉もしぼんで、二回りくらい小さくなったように見えた。

ダミ声の悲鳴を見送って、小雪は盛大な高笑いを上げる。

「おほほほ、だから言ったのよ！　おととい来るといいわ！」

そうしてバッと観客席を見回すのだが——。

「さあ、どうかしら皆さん！　私の直哉くん、は……？」

『…………』

観客席は水を打ったように静まり返っていた。

あまりに鮮やかな手際に感激したのでも、小雪を思う直哉の愛に感動したのでもない。全員が全員、青白い顔で直哉のことを凝視していたのだ。

舞台袖から結衣が顔を出し、的確な実況を放つ。

『おっとー⁉　観客席はドン引きだーっ！』

「なんで⁉」

「だと思った」

絶叫する小雪に、直哉は苦笑をこぼす。

「素手でなぎ倒したら絵的に映えたんだろうけど……俺がやったのって、そっと近付いて耳打ちしただけだしなあ」

たったそれだけでレスリング部の面々から笑顔が消えて、ガタガタ震えて命乞いを始めたのだ。小雪からしてみればいつもの光景なのだろうが――。

「第三者からすると普通に怖いだろ」

「ででも……あのとき私を助けてくれたときの直哉くん、すっごく格好よかったもの！」

「そっかそっか。ありがとな」

むくれる小雪の頭を軽く撫《な》でる。

恋は盲目とはよく言ったものだ。

「好きな子にそう言ってもらえたなら、ちょっと本気出した甲斐《かい》があったかなあ」

『えー、見せつけてくれているところ恐縮なんですが……』

スタッフと何やら打ち合わせしていた結衣が、大々的に言い放つ。

『たった今情報が入りました！　レスリング部の皆さんが棄権されるとのことです！』

「直哉くん……あのひとたちにいったい何を吹き込んだのよ」

「個人情報保護の観点から黙秘するよ」

「そんな配慮ができたんだ……」

『これからは心を入れ替えて部活や学業に打ち込むとのこと！　ひとまず全員、進路相談のため職員室へと直行した模様です！』

この日以降、本当に彼らは真面目《まじめ》になって練習に励むこととなる。その結果、県大会で優秀な成績を収めて直哉はかなり感謝されるのだが――それは完全なる余談である。

「やっぱりあいつ……壺《つぼ》を売る才能あるよ」

見に来ていたクラスメートがぼそっとつぶやく。

静まり返った体育館にそのひと言が響き渡り、多くの観客が無言でゆっくりとうなずいた。

（うーん、やっぱ好感度より畏怖《いふ》度の方が上がっちまったな）

これまでも直哉はその力を観客たちに見せつけてはきたものの、ある程度はコミカルに見えるよう調整していた。今回はついつい小雪を守ろうと力が入り、やり過ぎてしまったのだ。

バカップルを応援する空気はやはり戻らず、困惑のざわめきが広がっていく。

しかし、そんな中でホッと胸をなで下ろしたのがひとりだけいた。

舞台袖から顔を出したアーサーだ。

さも残念とかぶりを振りつつも、口元に浮かんだ笑みは隠しきれないものだった。

「おっと、ヒール役の彼らが舞台を下りてしまったか。そうなると、僕らは不戦敗ということになるのかな。なるよな、よし！」

「なっ、それはダメです！」

それに真っ向から異を唱えたのはクレアだった。

兄に詰め寄って、真剣な顔で凄《すご》んでみせる。

「わたくしも兄様に、あんな風に守っていただきたいです。絶対に不戦敗なんて認めませんわ」

「うぐっ……し、しかし肝心のヒール役がいないんじゃどうしようも……」

『それもそうなんだよね。うーん、どうしよっかなあ』

司会の結衣は腕を組んで悩む。

しかしそれも数秒足らずのことだった。すぐにぱっと明るい笑顔を直哉へ向ける。

『よし、それじゃ変則ルールだ。直哉？』

「はいはい了解。俺が悪役をやればいいんだろ？」

「えええっ⁉」

軽く了承してみせると、全員から大きな悲鳴が上がった。

観客席も大いにどよめいて、すぐにブーイングが飛んでくる始末。

「ふざけんな！　おまえが敵役とかガチじゃねえか！」

「そうよそうよ！　アーサーくんが可哀想《かわいそう》だわ！」

全員が全員、もうすっかり直哉のことを魔王として認定したらしい。

小雪もあごに手を当てて考え込む。

「ってことは……直哉くんが、アーサーくんからクレアさんのことを奪おうとするの？」

「さっきのパターンを踏襲するとそうなるな。お芝居だけど」

「お芝居ねえ……」

その単語を口にしても、小雪の顔は晴れないままだ。

むしろ眉根に寄ったしわがますます深くなる。

きゅっと口を引き結んで考え込んでから、ハッと閃《ひらめ》くと同時に顔を上げる。

「だったら私も！　私も一緒に悪役をやるわ！　直哉くんひとりじゃ頼りないものね！」

「『いくらお芝居だろうと、直哉くんがほかの女の子を口説《くど》くところなんて見たくないもの！　だったら私が代わりにぐいぐいやってやるんだから！』って？」

「なんでさっきの人たちには配慮ができて、私にはできないわけ⁉　わざわざ大声で暴《あば》き立てるんじゃないわよ！」

小雪が真っ赤になって摑みかかってきた。

そのせいで、非難を飛ばしていた観客たちも顔を見合わせることになる。

「……それならプラマイゼロくらいにはなるかな」

「なるほど、自分を加えて彼氏の毒を薄める作戦ね……白金さんったら策士じゃない」

「ああ見えて学年成績一位だったな……」

ブーイングは無事に止み、かわりに見守るような目線が飛んでくる。

急な対応の変化に、小雪は顔をしかめて一同を睨んだ。

「なんだか反応がムカつくんだけど……？」

「まあまあ。それだけ小雪に親しみを抱いている証拠だから」

猛毒の白雪姫として敬遠されていた頃とは真逆の反応だろう。

そんな怒濤《どとう》の展開に、アーサーはよろよろと後ずさる。

「な、ナオヤとコユキくんが敵に……？」

「あらら、意外な展開ですわね」

クレアも目を丸くするが、すぐにそこには期待の光が宿ることとなる。

「でも、兄様なら華麗に撃退できるって信じておりますわ」

「うぐっ……しかしコユキくんはともかくナオヤだぞ⁉　常人が相手取っていい敵じゃないだろあいつは！」

『はーい、話がまとまったところで。時間も押していることですし、早速スタート！』

「ま、待ってくれ！　まだ心の準備が……！」

結衣が引っ込んで、否応がなしに茶番の幕が開いた。

観客たちの期待の眼差《まなざ》しが突き刺さる。

そんな中、真っ先に動いたのは——。

「えーっと……ごほん。あらあら、可愛らしい子ね」

少し方針に迷いつつも、小雪が先制攻撃に出た。

クレアにそっと歩み寄り、そのあごをくいっと掬《すく》って艶然《えんぜん》と微笑《えんぜん》む。

「そんなお兄さんなんて放って、私たちと一緒に遊びましょうよ」

「ふふ。いくらコユキ様のお誘いでもお断りですわ」

クレアはスカートの端を摘《つ》まんで優雅にお辞儀する。

その仕草は淑女《しゅくじょ》として完成されていたものの——直哉がそこにぼそっと攻撃する。

「俺たちと一緒に来たら、好きなだけプリンを作ってあげるけど？」

「っ……！」

勢いよく反応したクレアに、直哉はにっこりと畳みかける。

「あとはどら焼きとかショートケーキとか、日本にしかないスイーツも付けるぞー」

「はわわ……マンガやアニメで見たことあります！　実在するのですね⁉」

「あ、栗まんじゅうとかもいる？」

いた。

「私が言うのもなんだけどチョロすぎない……？」

目の色を変えてこちらに近付いてくるクレアに、小雪が呆《あき》れた目を向ける。

にゃんじろーにまんまと釣られてこんな場所に立っている自分のことを、完全に棚に上げて
いた。

それはともかく、アーサーが慌てて妹の手を引き留める。

「待て待て！　スイーツなら僕が用意してやるから！」

「はっ！　それもそうですわね……」

正気に戻ったクレアを背に庇《かば》い、彼はじろりと直哉を睨む。

先ほどのレスリング部の一幕を間近で見ていたせいか、膝《ひざ》がわずかに震えている。それで
も一歩も引くことなく直哉に立ち向かうその姿は、姫を守る騎士のようだった。

「ナオヤ……クレアを守るためなら、僕はどうなったってかまわない。やれるものならやって
みるがいい！」

「兄様……」

「うーん、やっぱこれ完全に魔王ポジションだな？」

壇上で繰り広げられるボス戦に、観客たちは大いに手に汗を握る。

守られる姫役となったクレアは兄の背中でじーんと喜びを噛《か》みしめていた。得意げな顔で小

雪を煽《あお》る。

「ふふん、コユキ様も詰めが甘いですわね。兄様を越えるほどの条件を出していただかないと、そちらになびくことはありませんわ」

「むう、アーサーくんにできないことか……あっ」

小雪が少し考え込んでから手を叩く。

びしっと突きつける条件とは——。

「そうだ、恋バナよ！　恋バナしましょ、三人で！」

「あっ」

それに直哉はわずかに目を丸くするのだ。

何しろ、決定的にこの場の流れを変えるひと言だったから。

「言っちゃったなあ……」

「えっ、何かマズかった？」

苦笑を浮かべる直哉に、小雪はきょとんと首をかしげる。

クレアの好きな相手が誰なのか、自分たちはよーく知っている。だから引き入れる条件としては最適だろう。ただし——この場に、その情報を知らない人物がひとりいた。

「は……？」

アーサーである。

恋バナという言葉を耳にした途端、青天の霹靂《へきれき》とばかりに固まってしまう。

しばし壇上に沈黙が落ちて、観客がざわつきはじめたころになってから、アーサーがゆっくりと口を開く。その顔は直哉に立ち向かったときよりも著しく血の気が引いていた。

「クレア、おまえ……まさか、好きな人がいるのか？」

「に、兄様には関係ありませんわ」

クレアはぷいっとそっぽを向く。

好きな相手本人からそんな他人事《ひとごと》のような質問を投げかけられて、平静でいられる者などそういないだろう。当然クレアもへそを曲げ、トゲトゲした声で言う。

「でも、たしかにコユキ様のおっしゃる通りですわね。兄様には言えない恋の悩みも、コユキ様なら聞いてくださいますし。いっそ本当にそちらに行ってしまいましょうか」

「やっぱりいるのか⁉　誰だ！　僕の知っている奴か⁉」

「だから、兄様には関係ないって言ってるじゃないですか！」

アーサーがクレアの手をがしっと摑み、それをクレアが乱暴に振り払う。

そのままふたりはミッションも忘れて言い争った。

様子がおかしくなって、観客たちがざわざわする。

結衣もわくわくと実況を挟むのだが――。

『おっと、ここにきて喧嘩《けんか》の勃発《ぼっぱつ》でしょうか。やっぱり優勝は直哉たちで決まり――』

「関係大ありだ‼」

それをアーサーの声が遮《さえぎ》った。

体育館をびりびりと揺るがすほどの大音声。

途端に場はしんと静まり返り、アーサーが息を吸い込む音だけが、妙な大きさをもって響き渡る。顔を真っ赤にして勢いよく言い放つのは、言い逃れのできない言葉だった。

「僕以外の男がおまえと結ばれるなんて……絶対に認めないからな⁉」

「へ」

今度はクレアがぴしっと凍り付く番だった。

観客もぽかんと目を丸くして固まるばかり。小雪も結衣も同様だ。

ただひとり、直哉だけが「あーあ」とため息まじりに額を押さえた——そんな折。

『……えええええええ⁉』

割れんばかりの喚声《かんせい》がほとんど同時に湧《わ》き上がった。

それに続くのは、やれ禁断の愛だのといった困惑の声。

ざわつく彼らに向けて、直哉はひとまず補足を加える。

「あ、こいつら血は繋《つな》がってないから。親同士が再婚したんだよ」

『ああ、なるほど義理の兄妹なら納得……えっ、それならやっぱり今のってガチ告白⁉』

結衣のアナウンスによって、場にはまた別種の混乱が広がる。

「あっ……あああ⁉」

全員の注目を集めて、アーサーは自分がやらかしたことに気付いたらしい。

その顔は赤くなったり青くなったり目まぐるしく変化する。

しかし、ふと直哉と目が合ってから、それがすっと落ち着いた。彼は苦しげな笑みをこぼしてみせる。

「……きみが言っていたのはこういうことだったんだな。この思いを諦めることなんて……端《はな》から無理だったのか」

「そういうこと。今ならまだ間に合うぞ」

「いいや……もう決めたさ」

言葉の綾《あや》とかその場の勢いとか、無理やり誤魔化すことはできる。

アーサーはかぶりを振ってそれを拒絶した。どうやら腹をくくったらしい。憑《つ》き物《もの》が落ちたような柔らかな表情で、そばで固まるクレアへ向き直る。

「バレたからには仕方ない。言い訳もしない」

「にい、さま……」

「気持ち悪いと思うかもしれない。それでも僕は……おまえのことがずっと好きだった」

ダメ押しのひと言。

それに観客はますますどよめき、クレアの頭から湯気が立った。

アーサーは真摯《しんし》な言葉と表情で彼女に頭を下げる。

「拒絶してもらってもかまわない。ただ……最後にどうか聞かせてくれないか。おまえがどこの誰に思いを寄せているのかを」

「………………」

クレアは口を閉ざしたまま、ゆっくりと人差し指を向ける。

それはもちろんアーサーのことを指すのだが――当人は不思議そうに後ろを振り返り、そこに誰もいないことを確認して首をひねる。

「こっちの方角にいるのか？　ということは、やはりここの生徒ということに――」

「いえ、その……」

ぶつぶつと考え込む兄へ、クレアはゆっくりと距離を詰めた。

人差し指がアーサーの胸に届き、真っ赤な顔を伏せつつ言葉を絞り出す。

「兄様……なんですけど」

「え」

そこまできっちり言葉にされて、ようやくアーサーにも事態が理解できたらしい。

一度は落ち着いたはずの顔色が一気にマグマのような赤に染まる。

「えええええええええ⁉」

『おおおおおおおおっっ！』

場の興奮は最高潮だ。歓声と拍手、そして口笛が幾重にも折り重なってふたりを祝福した。

さらには次の演目のため控えていた軽音部が、即興でバラードを奏《かな》で始める。

『なんということでしょう！　ここに来て驚きのカップル成立です！』

司会の結衣も大興奮。もはやみなが兄妹のことを祝福していた。

完全アウェーとなった小雪と直哉は、ステージの隅で顔を見合わせる。

「……まさか、これって」

「うん。俺たちの負けだ」

公開告白からのカップル成立である。

さすがの直哉たちでもインパクトで負けるのは当然だった。

案の定、アーサーらは最終人気投票で圧倒的な票数を勝ち取り、見事優勝をもぎ取っていった。

EPILOGUE エピローグ

こうして、文化祭は大盛況のまま終焉《しゅうえん》を迎えることとなった。

生徒らは夕暮れのなか後片付けに追われ、残った商品を食べあったり思い出話に興じたりする。笑い声があちこちで響く中、体育館裏で四人はこっそりと顔を突き合わせていた。

「本当に、いろいろとありがとう。ナオヤ」

「気にすんなよ」

頭を下げるアーサーに、直哉《なおや》は鷹揚《おうよう》に笑う。

「答えを出したのも、行動したのも全部おまえだ。俺はきっかけを作ったにすぎないからな。感謝されるほどのことじゃないっての」

「はは……だが、きみに話を聞いてもらって心が楽になったのは確かだからな」

アーサーは苦笑しつつ、直哉に右手を差し伸べる。

「踏み出すきっかけになったよ。きみに出会えてよかった」

「そう言ってもらえたなら、俺《おれ》としても嬉《うれ》しいかな」

その手を取って、固い握手を交わす。

出会ったあの日に交わされなかった握手が、ここで達成される形となった。

「はわあ……激レアにゃんじろー……さすがの可愛《かわい》さだわ……！」

友情を繋《つな》ぐその隣では、小雪《こゆき》がぬいぐるみを掲げてうっとりとしていた。

最強ラブラブカップル決定戦の優勝賞品である。

その間抜け面に陶酔《とうすい》していたものの、ハッとして気付いて振り返る。

「で、でもでも、本当にこの子をもらっちゃっていいの？　優勝したのはふたりなのに」

「もちろんかまいませんわ」

それに、クレアがあっさりとかぶりを振ってみせた。

彼女はアーサーの腕にするりと抱き付いて、いたずらっぽく笑うのだ。

「賞品なんかより、もっと素晴らしいものを手に入れましたから。ねー、兄様？」

「うっ……それはいいんだが」

アーサーはほんのり頬《ほお》を染めつつ、遠い目をしてぼやく。

「父さんと母さんになんて報告したらいいんだろう。留学先で息子たちがくっ付いたなんて知ったら、さぞかし驚くだろうな……」

「あら、お母様は問題ありませんわ。わたくしの気持ちを知っていて、応援してくださっていましたし」

「だったら手間は二分の一か……」

アーサーは深刻な顔でため息をこぼしてみせた。

めでたく結ばれたものの、気苦労はしばらく絶えないことだろう。アーサーがクレアに公開告白を行ったのは今や学校中のみなが知るところであり、すっかり注目の的だからだ。

そのせいでこんな人気のない場所で、こっそり落ち合うことになっていた。

気苦労にげっそりするアーサーだが、かぶりを振って小雪に向き直る。

「ともかく……コユキくん、すまなかった」

「へ？　何の話？」

「僕はクレアの想《おも》いを断ち切るために、きみの許嫁《いいなずけ》に立候補して日本に来たんだ」

そう言って、アーサーは深々と頭を下げた。

妹への想いに悩んでいたこと。苦しくて、逃げてしまいたかったこと。

そんな心の弱さを、アーサーは迷うことなく吐き出した。

「不純な動機できみの前に現れたことを、ずっと謝りたかったんだ。本当に……すまなかった」

「そ、そうだったんですか、兄様」

クレアもそれは初耳らしく、目を丸くしていた。

深刻な空気が体育館裏に満ちる。

「いやあの、そんなの気にしないでちょうだい」

そんな中、小雪はぬいぐるみを抱いておろおろと口を開いた。

ちらりと直哉を見やってから、頰をかいて続ける。

「初日に直哉くんから聞いて知ってたし。今さら謝られてもって感じよね……」

「うぐっ……！」

アーサーの肩がびくりと震えた。

ゆっくりと頭を上げて、直哉のことをじっと凝視する。

「まさかそこまで全部お見通しだったとは……本当にきみは何者なんだ？」

「何って、ただのバカップルの片割れだよ」

「とことん敵に回したくないなあ……」

先ほど熱い握手を交わしたときとは一変し、アーサーは辟易《へきえき》とした目を向けてくる。

友情はたしかに築けたものの、できれば距離を置きたいという思いがありありと伝わった。

そんな級友の肩を、直哉はばしばしと叩《たた》いてエールを送る。

「ま、そういうわけだからお幸せにな。これから色々大変だと思うけど」

「大変……？　そりゃまあ、異性と付き合うなんて未経験だし、苦労もあるだろうが……」

「そういうことじゃないっての」

訝《いぶか》るアーサーの耳元にそっと顔を寄せ、直哉はこっそりと小声で指摘する。

「おまえら、同じ家に帰るんだろ？　付き合いだしたばかりの恋人と、ひとつ屋根の下ふたりっきりだぞ。そりゃもームラムラするに決まってるじゃん」

「っっ～～～⁉」

アーサーの顔色が一瞬で蒼白《そうはく》になる。

どうやらそのことが完全に頭から抜けていたようだ。

血相を変えて、直哉に摑《つか》みかかるようにして縋《すが》ってくる。

「そ、それは困る……！　僕は一体どうしたらいいんだ！」

「鉄の自制心を持て、としか言えないな」

「無理に決まってるだろ⁉　今まででも普通に意識して辛《つら》かったのに……！」

これまでは兄妹という枷《かせ》があったから、色々と耐えてきたらしい。

それが取り払われた以上、どうなるか。

直哉はしみじみとあごを撫でる。

「いやあ、俺も初めて小雪とふたりっきりになったときはドキドキしたなあ。ぜひとも後で感想を聞かせてくれよ」

「嫌に決まっているだろう⁉　というかわざわざ聞かせなくても、きみなら僕の顔色を見ただけで分かるんじゃないのか⁉」

「うん。だから教えてもらえなくても、勝手にニヤニヤしてると思う」

「悪魔かきみは……！　そんなことはいいから対処法をだな――」

対処法などあるわけがないので、直哉は無抵抗で揺さぶられる。

そんなアーサーをよそに、クレアは小雪の手を取ってキラキラした笑顔を向けた。

「わたくしからもコユキ様に感謝しますわ。今後もアドバイスをくださいまし！」

「えっ⁉　無事に付き合えたのにまだアドバイスがいるの⁉」

「あら、そんなの当然じゃないですか」

クレアはアーサーをじっとりとした目で見やり、舌なめずりをする。

その目は完全に、手頃《てごろ》なカエルを見つけたヘビのそれだった。

「こうして無事に兄様を捕まえましたが、がっちり逃がさない努力は必要です。殿方を籠絡《ろうらく》する術《すべ》、まだまだ伝授してくださいませね！」

「おまえは僕をどうするつもりなんだ⁉　って、こら！　どこに連れて行く気なんだ⁉」

「どこって、家に帰るんですよ。お夕飯の買い出しに付き合っていただきますからね」

「うぐっ……！　家はまずいんだ！　助けてくれ、ナオヤ！」

「ご武運を～」

引きずられていくアーサーを、直哉は手を振って見送った。

たぶん今夜は意識しすぎて一睡もできず、明日の朝には色濃い死相を見せてくれることだろう。

そして、小雪は小雪で頭を抱える始末。

「うう……これで終わるかと思ったのに、まだ頼られるのね……どうしましょう」

「そりゃまあ、恋愛に関しちゃ大先輩だしな」

「まだ交際して一ヶ月なのに⁉」

「先に先輩面を始めたのは小雪だろ」

「……そう言われるとぐうの音も出ないわ」

がっくりと項垂《うなだ》れる小雪である。口は災いの元だと悟ったらしい。

そんな小雪の肩を抱いて、直哉はにこにこと笑う。

「まあまあ。意外と俺たちの自然体でも、恋のキューピッドができるって証明されたんだし。

今後も俺たちなりの経験を重ねていこうじゃんか」

「経験ねえ……そんなこと言われたってどうし――」

「そう、それだよ」

「は……？」

セリフを遮《さえぎ》って力強くうなずけば、小雪はきょとんと目を丸くする。

そんな彼女に、直哉は万感の思いを込めて唱えるのだ。

「今、小雪の頭に浮かんだのが正解だ！　胸を押しつけられるのもいいけど……やっぱりキスされた方が何倍も嬉しいんだよ！」

「まだ何も言ってませんけど⁉」

腕を振りほどいて小雪はツッコミを叫んだ。

顔を真っ赤にしてそっぽを向き、直哉を置いてずんずんと歩き出す。

「ふんだ、そんなふうに煽《あお》られて誰がやるのよ。いい気にならないでちょうだい」

「とか何とか言って、五秒後に無理やりしてくれるんだろ。分かるよ、あんなラブラブっぷりを見せつけられたら甘えてみたくなるのが人のサガってやつで――」

「うるさいのはこの口か!!」

まとわりついた結果、予想通りに胸ぐらを摑まれて物理的に黙らされた。

久々に重ねた唇は、少し前に食べた綿あめの味だった。

番外編

察しのよすぎる名探偵～笹原法介の事件簿

その日、不吉の予兆はいくつもあった。

日本の暦でいうところの仏滅《ぶつめつ》だったし、朝から黒猫が目の前を横切り、買ったばかりのコーヒーをこぼしてしまい、危うく信号無視の車に轢《ひ》かれかけたりもした。

しかし、ハワード・Ｋ・白金《しろがね》は迷信を恐れない男だった。

そういう日もあるさとさっぱりと割り切って、気落ちすることもなかった。

その後はタクシーを無事に捕まえることもできたし、大きな渋滞に引っ掛かることもなく、無事に目的地までやって来ることができた。

すべては順調に進んでいた。

悪魔に出会う、このときまでは。

「これはまた……絶景だな」

港に停泊する巨大な豪華客船を見上げて、ハワードは感嘆の声をこぼす。

世界一周旅にも使われるという立派なものらしく、収容人数は数千人。中にはプールやオペラハウス、カジノまで備え付けられているという。

船の周囲は一目で上流階級と分かるような身なりのいい人々で溢《あふ》れており、入念なボディチェックを経てから船へと吸い込まれていく。

今日はこの船を貸し切って、さる大企業の創立五十周年記念パーティが開かれるのだ。

ハワードも仕事の関係で招かれて、出張がてらにやってきていた。

「ふふ、日本に帰ったら小雪《こゆき》たちに自慢してやるか」

胸を躍らせて、スマホのカメラを客船へと向ける。

しかし、対象物が巨大すぎてうまくフレームに収まらなかった。

スマホを横にしたり縦にしたり、あたりをうろついてベストなアングルを模索する。そのせいで周りへの注意がおろそかになってしまい、他の参加者とぶつかってしまった。

「おっと、しつれ……」

「いえいえ、私の方こそ。おや？」

ハワードは振り返り、ぶつかった相手の顔を確認して凍り付いた。

目の前にいたのはアジア系の男性だ。

短い黒髪を撫《な》で付《つ》けて、人の良さそうな柔和な笑みを浮かべている。

青年と呼んでも差し支えがないほど若々しい見た目をしているが、醸《かも》し出《だ》す雰囲気はひどく浮き世離れしており、山奥で隠遁《いんとん》する仙人めいていた。

仏滅や黒猫など可愛《かわい》いもの。

不運と不幸と不遇をこねくり回して固めた悪魔がそこにいた。

それで、ハワードは己《おのれ》の運命を大いに悟った。頭を抱えて絶叫する。

「終わった……！　私は今日、死ぬ……！」

「あはは、ハワードさんは今日も面白《おもしろ》いですね」

悪魔こと笹原法介《ささはらほうすけ》は、やんわりと微笑《ほほえ》んでみせた。

知人とばったり出くわして、この世の終わりのような反応をされれば、誰《だれ》でも気分を害するはずだろう。

だがしかし、法介は一切《いっさい》顔色を変えなかった。

ハワードがいつもこんなリアクションを取るものだから慣れてしまったのだ。

そんな彼の胸《むな》ぐらを摑《つか》み、ハワードは全力で凄《すご》む。

「どうして貴様がここにいるんだ、ホースケ……！　今は日本にいるはずだろう⁉」

ハワードの白金家と、彼の笹原家。

ふた家族そろって県外に繰り出した小旅行から、まだ一週間しか経《た》っていない。

法介は妻の愛理《あいり》とともに、しばらく日本にいる予定だと言っていた。

だからハワードは完全に安心していたのに……こんな異国の地でばったり出くわしたのは、もはや呪われていると言っても過言ではない。

法介はスーツにしわが寄るのも気にせず、やんわりと言う。

「それが仕事の都合で急遽《きゅうきょ》呼び出されまして。そちらの用件は片付いたので、今日はお招きいただいたパーティに出席するために来たんです。ハワードさんもパーティに？」

「その、通りなのだが……」

ハワードはぐっと息を呑《の》んだ。

法介から手を離し、顔を覆《おお》って沈痛な声を絞り出す。

「なあ、ホースケ。私たちがこうしてばったり出くわすのは何度目だ？」

「おそらく七回目かと。いやはや、奇遇と言うほかありませんね」

「では……その内の何度、事件に巻き込まれた？」

「七回ですね」

「やはり呪われている……！」

ハワードと彼の付き合いは、それほど長いものでもない。

今から二ヶ月ほど前のこと。ひょんなことからハワードは事件に巻き込まれかけて、そこに救いの手を差し伸べてくれたのが法介だったのだ。しかもそれが未来の義理の息子（予定）の父親だと判明して、大いに驚かされた。

このときはまだ、ハワードは法介のことを救世主だと信じ、義兄弟と呼んで憚《はばか》らなかった。

しかし、何度もばったり出くわすごとに事情が変わっていった。

一度目はひったくり犯の大捕物に巻き込まれた。

二度目は銀行強盗に巻き込まれた。

三度目はギャング同士の抗争だ。

最初はただただ流されるばかりだったが、四度目以降はさすがのハワードも学んだ。

(こいつと出くわす度に、毎度何かしらの事件に巻き込まれる……！　疫病神もいいところだ！)

毎度それらの事件を法介自ら華麗に解決するので、最終的な被害はゼロだ。

犯罪者はみな例外なくお縄に付いている。ギャングも根絶やしにした。

だが、ハワードの精神的ダメージは計り知れなかった。日本に帰化してのほほんと暮らしていた彼にとって、銃弾と怒声の飛び交う修羅場《しゅらば》など映画の中の世界でしかなかった。

毎度肝をすり潰《つぶ》すし、回を重ねるごとに事件の規模が大きくなっていくのもまた悩みのタネだった。

(そして、今回は豪華客船か……)

ハワードは巨大な船へと目を向ける。

先ほどまではその堂々たるたたずまいに見惚《みと》れていたものの、こうなってくると巨大な棺桶《かんおけ》にしか見えなくなってきた。タイタニック号よろしく、海の藻屑《もくず》となって消えていく様がまざまざと脳裏《のうり》に浮かぶ。

それと同時に、家族の顔が走馬灯のように再生された。

愛する妻、可愛い娘たち、そして猫のすなぎも。

（よし、逃げよう……！）

そうと決まれば行動あるのみだった。

ハワードは引きつった笑みを浮かべて片手を上げる。

「あいにくだが急用を思い出した。私は帰る」

「えっ、そうなんですか？　それは残念ですね……」

法介はしょげたように眉《まゆ》を寄せる。

その反応にハワードの良心はわずかに痛んだ。

しかし心を鬼にして彼に背を向けようとするのだが――。

「ここの会長さんとは懇意《こんい》な間柄なので、ハワードさんを紹介できるかと思ったんですが……とても残念です。なんでも近々ホテル経営に着手するとかで、いいアンティーク家具を探しているらしいんですよね」

「ぐっ……それを早く言え！」

法介がやけに具体的な美味《おい》しい話を持ち出したので、ぐるっと方向転換することとなった。

がめついと言うことなかれ。

貿易会社を経営するハワードの肩には、愛する妻や娘たちだけでなく、従業員とその家族の生活までもがかかっているのだ。商談は貪欲《どんよく》に捕まえていかねばならない。

（ここの会長といえば、羽振《はぶ》りがいいことで有名だ……！　確実に儲《もう》けに繋《つな》がる！）

しばしハワードは法介と船とを交互に睨《にら》み付けていた。

やがて大きなため息をこぼし……ぐっと拳《こぶし》を握る。

「仕方ない……そういうことならば私も覚悟を決めよう。だから、おまえは決して余計なことをするんじゃないぞ！」

「私自身は何もしませんよ。悪いひとたちが悪いんです」

そんな話をしつつ、ふたりはとうとう船へと乗り込むことになった。

ボディチェックの列へと並びつつ、法介はのほほんと平和に笑う。

「それに、事件に巻き込まれることなんて滅多《めった》にありませんよ。せいぜい五回に三回くらいの割合です」

「おまえはどんな世界で生きているんだ……？」

打率六割はかなりのものだと思う。

渋い顔をするハワードだが、とある可能性に思い至って、さらに眉根《まゆね》の皺《しわ》が深くなった。

「まさかとは思うが……その残りの二回では、おまえ基準で事件と呼ぶに値しない何かしらが起こっているんじゃあるまいな」

「まあ、未然に防げた場合は事件と呼びませんし。だから、五回中三回です」

「……そうした場合を含めると、巻き込まれ率は五回中何回になるんだ？」

「あはははは。あっ、そろそろ私たちの順番が回ってきますね」

「はぐらかすな！　おい！　本当の巻き込まれ率は何割なんだ⁉」

詰問をするりとかわされて、ボディチェックはつつがなく終わった。

かくしてふたりは人混みに流されるまま、船へかかる橋を渡る。

一歩一歩近付くにつれ、ハワードの顔には死相が色濃く浮かびはじめた。痛恨のため息をこぼしつつ、離れゆく大地に別れを告げる。

「やはり欲を出すんじゃなかったな……どうせまたややこしい事件に巻き込まれるに違いないのに……」

「まあまあ、気楽にいきましょう。こうして出会えたのも何かの縁で……ああ、そういえば」

法介はにっこりと笑ってから、ジャケットの内ポケットを探る。

「こちらの品、どう思われますか？」

「ほう……？　なかなか上等なアクセサリーじゃないか」

彼が取り出してみせたのは、小ぶりな水晶のついたネックレスだった。人工宝石ではあるものの、その白い輝きはとても上品だ。

頑丈なケースに入っており、いかにもな値打ちものに見える。

ハワードの会社もこうした装飾品を扱うため、多少は目利《めき》きができるのだ。

「おまえにしてはいいチョイスだな。なんだ、愛理さんへの贈り物か？」

「いえ、こちらは小雪さんにいかがかと」

「小雪に？」

きょとんと目を丸くするハワードに、法介はケースを差し出した。

「小雪さんにはいつも直哉《なおや》がお世話になっておりますし。誕生日には少し早いですが、受け取っていただけると助かります」

「うちの娘の誕生日をいつ知ったんだ、おまえは……」

直哉から聞いた、なんて面白みのない理由では決してないだろう。

ともかくハワードは首を横に振る。

「しかしなあ……いくらなんでも、こんな高価なものを受け取るわけにはいかんだろ」

「どうかお気になさらずに」

法介はいくぶん困ったような苦笑を浮かべて頬《ほお》をかく。

「実は先日、さる宝石商の方を泥棒一味から守り通しまして……その謝礼として大量にこうした品をいただいたんです。換金するのも忍びなくて、友人知人に配り歩いている次第でして」

「おまえらしいなあ……」

そういえば、いつぞや急に『ラクダはいりませんか？』とメールが来たこともある。どうも石油王に気に入られたらしい。

あれに比べれば、今回はまだ受け取りやすかった。

ハワードはしばし悩んでから、小さく頭を下げる。

「そういうわけなら、ありがたく貰《もら》っておこう。小雪もきっと喜ぶ」

「ありがとうございます。受け取っていただけて安心しました」

ケースを受け取って、ジャケットの内ポケットにしまい込んだ。

それをじっと見て、法介は満足げにうなずく。

「ともかく事件なんて五回に三回なんですから、きっと今回は何事もなく……おや？」

こうして、ふたりはとうとう船へと足を踏み入れた。

まず出迎えたのは豪奢《ごうしゃ》なエントランスだった。

高い天井《てんじょう》には煌《きら》びやかなシャンデリアがつり下がり、ゆるやかな曲線を描く階段が二階ホールに続いている。どこもかしこも過剰なまでに輝いており、ピアノの生演奏にあわせてオペラ歌手がその美声を披露していた。

まるでおとぎ話に出てくるような、お城の舞踏会だ。

この場に小雪がいたならば『素敵……！』と目をキラキラさせていただろう。

「ほう……」

賑《にぎ》やかな光景を、法介は真顔でじっと見つめた。

行き交う人々の顔、スタッフの配置、ピアノやシャンデリアといった内装。

たっぷり五秒——平時の彼にしては長かったので『たっぷり』で相違ない——それらを観察してから、法介は柔和な笑みをハワードに向けた。有無を言わせぬ圧があった。

「ハワードさん、少し場所を移しましょうか」

「……ああ」

慣れとは恐ろしいものだった。

ハワードは一切声を荒げることもなく、重々しくうなずく。

あたりには無邪気に走り回る子供や、赤子を抱いた女性などの姿が数多く見受けられた。

こんな場所でむやみに騒ぎ立てても、パニックになるだけで何もいいことはないのだと、ハワードは度重なる経験から学んでいた。学んでしまっていたのだ。

ふたりはそっとエントランスを離れ、人の少ない通路に入り込む。

関係者以外立ち入り禁止と札のかかったロープをまたぎ、小部屋のドアをそっと開いた。

そこは備品が雑多に詰め込まれた用具入れだった。掃除用のカートなどが置かれており、そこそこの広さがある。密談には最適だ。

その小部屋に体を滑り込ませ、ドアを閉めると外の喧騒《けんそう》が聞こえなくなる。

耳が痛くなるほどの静けさのなか、法介はいつになく真剣な顔で切り出した。

「ハワードさん。落ち着いて聞いてください」

そうして、ハワードの肩をぽんっと叩《たた》いて告げることには——。

「今回は五回中三回の方です。今から一時間後、この船はテロ集団の手に落ちます」

「だからおまえと行動を共にするのは嫌なんだ……！」

ハワードは顔を覆って小声で叫んだ。

もはや分かりきっていた展開ではあったが、それでも声を上げずにはいられなかった。

がっくりとうなだれて、ひとまず話を促す。

「それで……？　今日はどういう事件が起こるんだ」

「船が出航してからすぐ、船内の数ヶ所で小さな爆発《ばくはつ》が発生します」

「ばっ……⁉」

淀《よど》みなく告げられたのは、日常ではまず聞くことのない単語だった。

背筋に冷たい汗が流れ落ち、ハワードの顔から血の気が引く。

そこに、法介は淡々と続ける。

「威力は小さめで、航行に影響の少ない場所で起こるため、沈没の危険はありません。ですが怪我《けが》人が多少出ることでしょう。乗員がパニックに陥《おちい》る中、船内放送が流れます」

煙が充満し、悲鳴と怒号が飛び交う中。

ノイズまじりの合成音声が、静かに響き渡るのだという。

「『今の爆弾は我々が仕掛けたものだ。もっと威力の高い爆弾も積んである。命が惜しければ我々の要求を飲め』とね」

「つまり、賊の目的は身代金か……？」

「そういうことですね。今回のパーティは財界政界合わせ、かなりの大物が何人も参加しているようでしたから」

法介はあっさりと言う。まるで明日の天気でも口にするような軽さだ。

口調と内容があまりにも乖離《かいり》しすぎている。

冗談を言っているようにしか聞こえないが――。

(何しろ、ホースケだしなあ……)

ハワードは諦《あきら》めのため息をこぼす。

これまでも何度も、法介の神がかり的な洞察力を目《ま》の当《あ》たりにしてきた。

だからこそ、これが狂言でもなんでもないことを、嫌というほどに理解していたのだ。

「今回も一応聞いておくが……いったいどうしてそんなことが分かるんだ」

「スタッフと乗客。その中に、武装した者たちが紛《まぎ》れていました」

「ただのボディガードじゃないのか……?」

「ボディガードにしては動きが洗練されていません。金で雇った無法者でしょう。数が多いのが厄介ですね。数はおよそ百。チェックをすり抜けて銃も持ち込んでいます」

「なら、そいつらが爆弾を仕掛けたという根拠は何だ」

「そこは詳しく説明すると長くなるので省略しますが……」

法介はやんわりと微笑んで、簡潔に告げる。

「見れば分かりました。以上です」

「ＯＫ。よく分かった」

ハワードは降伏するように両手を挙げる。

理解はできないが、ともかく法介がこう言っているのだから、間違いなく爆発が起きて事件の幕が上がるのだろう。

軽く目をつむり、思いを馳《は》せる。

（夏の旅行はまだ平和だったな……）

たかだかこそ泥を捕まえたり、大富豪の遺産を巡る陰謀劇に巻き込まれただけだ。

今この状況に比べればはるかにマシだった。

そんな現実逃避も長くは続かない。法介が軽い調子で話を続ける。

「そういうわけで、ハワードさんはこの場所に隠れていてください。おそらくここなら爆発の被害は及《およ》びません」

「……おまえはどうするんだ？」

「決まっています。よいしょ、っと」

手近な脚立に昇り、法介は天井の通気口をこじ開ける。

ものの一分も経たずにダクトへ通じる大穴が開いた。それを示して、彼は事もなげに言ってのける。

「船内を秘密裏に探索し、仕掛けられた爆弾を無力化して、敵本陣を押さえます。今から警察を呼んでも間に合わないので」

「まるで映画の世界だな……」

ポップコーンとコーラを傍《かたわ》らに置いて、気楽に見ていたいところである。

だがしかし、あいにくここはスクリーンの中だった。

ハワードは少しだけ逡巡《しゅんじゅん》してから、力強くうなずく。

「よし、ならば私も行こう」

「いいんですか？　今回も荒事になりますよ」

「そんなことは百も承知だ」

目を丸くする法介に、ハワードはかぶりを振る。

「この船には、小さな子供や赤子を連れた女性まで乗っているんだ。私ひとりだけ安全地帯でぬくぬくと見物しているわけにはいかんだろう」

「……そうですか」

法介は柔らかく笑う。

日ごろから笑みを絶やさない人物ではあるものの、ハワードの目にはいつもより穏やかな表情に見えた。ほっと安心したような笑みのまま、彼は右手を差し出した。

「では、今回もよろしくお願いいたします。さくっと事件を未然に防ぎましょう」

「そのかわり、二度と国外で私に話しかけるなよ……!?」

ヤケクソとばかりにその手を取って、こうしてふたりはダクトを進むこととなった。

埃《ほこり》だらけ、虫の死骸だらけという壮絶な閉所を、匍匐《ほふく》前進で進軍する。

そんな場所を通るなんてハワードはもちろん初めての経験で四苦八苦してしまう。

対照的に、先を行く法介はつっかえることもなくすいすいと進んでいった。まるで川を遡《さかのぼ》る鯉《こい》のようだが、悪人たちからしてみれば人食いワニとかが近いかもしれない。

そのあまりの慣れように、ハワードは半目を向ける。

「まさかおまえ、前にもこうしてダクトを移動したことがあるのか……？」

「人目に付かないように移動するには王道ですからねえ。いやあ、今日は古いスーツを着てきてよかったです」

「私のスーツは下ろしたてなんだが……⁉」

「それも見れば分かります」

そんな益体のない会話を交わしながらも、法介はダクトを右へ左へ折れていく。

ハワードからしてみればどこをどう進んでいるのすらかも分からなかったが、法介の頭には正確な地図が入っているらしい。

（この手の船というのは、防犯上の理由から構造が公にされていないはずなんだがなあ……）

疑問に思いはしても、口に出したりはしなかった。

どうせまた「見れば分かる」と言われて頭を抱える羽目になるのが目に見えていたからだ。

ともかく必死になって付いていくと、やがて法介が止まってごそごそし始める。手早く蓋《ふた》を外して、とある部屋に降り立った。

「着きました。ここが最初の場所です」

「ここは……衣装部屋か？」

煌びやかなドレスがぎっしりと並ぶ一室だ。どうやら演者用の舞台衣装を置いておく部屋らしく、小道具の剣などが壁に立てかけられている。

窓の外には大海原が広がっていた。

船はいつの間にか出航してしまったらしい。はるか彼方《かなた》に遠ざかっていく陸地を目にし、ハワードは血相を変える。

「おい、ホースケ。船が出たようだぞ、早くしないとまずいんじゃないのか」

「もちろん急ぎますよ。私の読みではこのあたりに……ああ、ありましたね」

法介は衣装をかき分けて探索し、すぐに段ボール箱を引っ張り出してくる。中には物々しい機械が収まっていた。謎《なぞ》の基盤から多くのコードが生えており、簡素な液晶パネルが時間を刻む。見るからに爆弾だった。

「本当にあったな、爆弾……」

「ええ。早めに見つかってよかったです」

「実物を見るまでは、まだおまえの勘違いである可能性がわずかにあったのに……」

こうなってくるともう本格的に腹をくくるしかない。

げっそりするハワードだが、はたと気付いて慌てはじめる。

「だ、だがどうする。爆弾処理班を呼ぶにしても、今から間に合うのか⁉」

「ああ、その必要はありませんよ」

法介は事もなげに言って爆弾を抱え上げる。

そうして船の窓を開き――あっさりぽいっと投げ捨てた。

穏やかな波が爆弾を包み込み、水底へと攫《さら》っていった。

あんぐりと口を開けて固まるハワードに、法介は笑顔を向ける。

「あのタイプの爆弾は水に弱いんです。これでもう大丈夫でしょう」

「捨てる前に言ってもらえるか……？」

止まりかけた心臓をなだめつつ、ハワードはかぶりを振る。

「まあいい。爆弾はあといくつだ」

「残り五つですね。この調子なら爆破《ばくは》予定時刻までにすべて無力化できることでしょう」

「分かった。それなら早く――」

「お客様？」

そこで冷え切った声が部屋に響く。

入り口の方を見れば、給仕のスタッフらしきふたり組がじっとハワードたちのことを見つめていた。彼らはヒリついた空気をまといながら、淡々と告げる。

「ここは関係者以外立ち入り禁止です。速やかに退去いただきますよう、お願いいたします」

「あ、ああ。申し訳ない、迷ってしまったんだ」

ハワードはまごつきながらも言い訳を口にする。

隣の法介をつついて退却を促すのだが――。

「ほら、ホースケ。今すぐ出て……ホースケ？」

「……ふむ」

法介はただじっとふたり組を見つめるだけだった。

その目に鈍い光が宿るのを見て、ハワードは悟った。退路と武器をざっくりと確認する。

ハワードらが一向に立ち去る気配を見せなかったためか、ふたり組は痺《しび》れを切らしたように近付いてくる。そして、空の段ボール箱を目にするや否《いな》や血相を変えた。

「っ……爆弾がない！」

「ＦＢＩ……それともＩＣＰＯか？　まさか計画を嗅《か》ぎつけられているとはな」

彼らは険しい顔でハワードらを睨み付け、懐《ふところ》から警棒や銃を取り出した。

ハワードは慌てて弁明する。

「いやいやとんでもない！　私たちはただの会社員で――」

「ただの会社員が、どうして爆弾の在り処《あか》を知っている！」

「本当に、どうしてなんだろうな……」

無駄だと分かっていたので、ハワードはそれ以上何も言わなかった。

そうする間にも男らはじりじりと距離を詰めてくる。

こちらに逃げ場はなく、もはや絶体絶命だった。普通なら。

「くれぐれも殺すな。縛り上げて仲間の居場所を吐かせるぞ」

「分かって――っ⁉」

彼らが目配せしたその瞬間、法介が音もなく肉薄した。

ひとりの手首を摑んで引き寄せ、前腕を膝《ひざ》で蹴《け》り上げる。取り落とした得物が床に転がるより先に男を床に叩き付けて、そのまま迅速に気道を押さえて昏倒《こんとう》させた。

「ぐっ……⁉」

武器を持った相手に丸腰で挑む場合、たいていの者は恐怖心が勝ってろくに動くことはできない。武道をそこそこ極《きわ》めた者でも躊躇《ちゅうちょ》する。

だが、法介の動きには一切の無駄がなかった。

残りのひとりが慌てて銃口を向ける。

「こっ、の――」

「どりゃあっ！」

「ぐはっ⁉」

その後頭部を、ハワードの振り回した大剣が打ち据えた。男は勢いよく吹っ飛んで、ハンガーラックをいくつもなぎ倒した。ドレスの山に埋もれた男を見れば、完全に気絶していた。

法介は手についた埃を払い、にっこりと笑う。

「ふたりだと色々な立ち回りができていいですね。次も頼りにしていますよ、ハワードさん」

「い、今のは偶然だぞ⁉　がむしゃらに振り回しただけというか……」

「問題ありませんよ。次もハワードさんの攻撃がヒットするように敵を誘導しますので」

「おまえひとりでいいだろ、もう……」

ハワードは愚痴をこぼしつつ、小道具用のロープで男たちを縛り上げていった。もちろん簡単な身体検査を行って、武器の類いは全部回収しておく。

どんどん場慣れしていく自分に嫌気が差した。

それからふたりは——主に法介が——八面六臂《はちめんろっぴ》の活躍を見せた。

爆弾を探し出し、縛り上げられていたスタッフたちを救出し、ときおり遭遇する敵たちとドンパチ騒ぎを繰り広げた。

戦闘はどれも数分で片が付き、法介はかすり傷ひとつ負わなかった。

ハワードも少しは手を貸したが、それでも全体から見れば微々たる貢献度だ。

合気道から柔術、果ては軍隊式近接格闘術や中国武術の化勁《かけい》までマスターした怪物に、武装した男たちは手も足も出ずになぎ倒されていった。

武道の腕もそうなのだが、動き自体も完全にチートだった。

「何度見ても、銃弾の雨をすいすい避けていくのはまるで意味が分からんな……おまえはＣＧか？」

「敵の手元と目の動き、銃の型から手入れの具合などを見れば簡単に弾道が予測できますよ？」

「それはこの世でおまえだけ……いや、直哉くんもできそうだな」

「可能だと思いますね。ただ、倅《せがれ》はまだこの手の事件に出くわしたことがないはずなので何とも」

「このまま一生、縁がないことを祈るしかないなあ……」

そんな願いを込めつつ、ハワードは最後の爆弾を海へぽいっと投げ捨てた。

最後の砦《とりで》は船橋――船の心臓、操舵《そうだ》室である。

本来なら船員たちが忙しなく行き交う場所なのだろうが、そこに通じる通路は武装した男たちが守っていた。法介が瞬時に鎮圧したので、今は死屍累々《ししるいるい》の惨状だ。

大きな鉄製の扉を前に、ハワードはごくりと喉《のど》を鳴らす。

「で、この先が敵の本丸か……」

「ええ。ちょうど今ごろ制圧が完了した頃合《ころあ》いです」

法介は腕時計を確認し、額ににじんだ汗をぬぐう。

ハンカチを丁寧にしまってから、ハワードをひたと見据えた。

「私たちの行動は向こうに伝わっているはずです。それでも行きますか？」

「もちろんだ。ここまで来たら、最後まで付き合ってやる」

小道具の大剣を握り直し、ハワードはゆっくりとうなずいた。最初の衣装室で手にした武器は、ペンキが剝《は》げてぼろぼろになってしまっている。

法介ひとりでも、きっとなんとかなるだろう。

だが、だからと言ってひとりで行かせるわけにはいかなかった。

（ここで見捨てるような真似《まね》をしては……直哉くんに顔向けができなくなる！）

未来の息子（予定）に胸を張ってもう一度会うためにも、立ち向かう他なかった。数々の死線を乗り越えたせいでハイになっていたとも言える。

かくして分厚い扉に張り付いて、ふたりは目配せし合う。

「中にいる敵は七人。銃で武装していますが……勝算はこちらにあるので、突入します。いいですね？」

「かまわん！　とっととこの茶番を終わらせるぞ！」

「では……三、二、一！」

掛け声とともに扉を蹴破《けやぶ》り、部屋の中へと転がり込んだ。

広い操舵室だ。一面ガラス張りとなったその向こうには、灰色の空と海が混ざり合っている。

いつの間にか天気は荒れに荒れていた。

中にいたのは目をみはった船員たち。そして――。

「動くな!!」

「た、助けて……！」

「なっ……!?」

銃を構えた男が、女性に銃を突き付けていた。女性は船のエントランスで見かけた顔で、ストールに包まれた赤ん坊を抱いている。

女性の涙で濡《ぬ》れた顔を見た瞬間、ハワードは咄嗟《とっさ》に動いていた。

「危ない！」

法介を突き飛ばすとほぼ同時、人質であるはずの女性が無骨な拳銃を取り出した。

そこからはスローモーションの世界だった。やけにゆっくりと時が流れる中、彼女の細い指が引き金にかかり、白煙とともに轟音《ごうおん》が放たれるのを為《な》す術《すべ》もなく見守った。

(こんなもの、普通の人間が避けられるはずないよなあ……)

そう悟った次の瞬間。

今日何度も耳にした銃声がハワードの胸に突き刺さった。

「ぐっ……!?」

ハワードは勢いよく床に叩き付けられて、背骨の大きく軋《きし》んだ音が頭の中で反響する。

意識が遠ざかる中、操舵室にいくつもの銃声と悲鳴が折り重なるのを、ただぼんやりと聞いていた。

気が付けば法介が自分の顔を覗《のぞ》き込んでいた。

彼が浮かべているのは、戦場には場違いな嬉《うれ》しそうな笑みだった。

「今の女性が敵のボスだと、よく分かりましたね」

「はっ……なんとなく、な……」

どうやら察しの良さが伝染したらしい。

ハワードは苦笑し、かすれた声を絞り出す。

「しかし、私もヤキが回ったようだ……まさか、おまえなんかを庇《かば》って死ぬことになろうとは……」

「縁起でもないことをおっしゃらないでください」

法介は肩をすくめて呆《あき》れたように言う。

「ハワードさんは撃たれてなんかいませんよ。ちゃんとご覧になってみてください」

「は……？」

恐る恐るジャケットを触る。

たしかに法介の言うとおり、穴が開いているだけで血で汚れてはいなかった。

よくよく考えてみれば意識もはっきりしているし、体は痛いが起き上がれないほどでもない。

「しかし、たしかに衝撃が……っ⁉」

上体を起こすと同時、ジャケットの内ポケットから転がり出るものがあった。

法介から船に乗り込む前にもらったネックレスだ。恐る恐る拾い上げれば――そのケースの裏に、ぎらりと光る銃弾がめり込んでいた。

「まさか……こいつが守ってくれたのか？」

「そういうことですね。本当に幸運でした」

法介はそう言って手を差し伸べた。

その手を借りて立ち上がり、ハワードはあたりを見回して渋い顔をしてしまう。

武装した男たちは全員漏れなく床で伸びていた。

「早いなあ……もう仕事が終わったのか」

「ええ、ハワードさんが朦朧《もうろう》としている間に。いい運動になりましたよ」

法介はネクタイを締め直す。

そうして今度は、じりじりと後ずさる女性へと恭《うやうや》しく頭を下げた。手にしていた銃はすでに操舵室の隅に転がっている。彼女が抱くのはストールでくるんだ赤ん坊のみである。

「さて、女性に手荒な真似はしたくありません。投降することをお勧めしますよ」

「何者だか知らないが……甘く見られたもんだね！　それ以上動くんじゃないよ！」

そう叫び、彼女はストールを捨てる。

果たして現れた赤ん坊は、精巧に作られた人形だった。

　その中にはゴテゴテとした配線まみれの機械が詰め込まれていた。これまで海に投げ捨ててきた爆弾の何倍も大きなものだ。女性が迷うことなくスイッチを押すと、パネルの数字が動きはじめる。

「たった今、この爆弾を起動させた！　こいつは船をまるごと沈めるほどの威力で、私しか解除の方法を――」

「失礼」

「ぐっ……⁉」

　法介は陳腐な脅しにもかまうことなく、女性から爆弾を取り上げる。

　操舵室の机に置いて、配線を切ったり繋げたりすること――およそ十秒。

　あっさりとパネルの数字が止まり、ぷすんと音を立てて動かなくなった。

「ふう。無力化できました。もう爆発する心配はありません」

「ば、バカな……⁉」

　女性は茫然自失《ぼうぜんじしつ》となり、床にぺたんと座り込む。息を殺して見守っていた船員たちから感嘆の声がいくつも上がり、これにて一件落着だ。

　ハワードは胡乱《うろん》な目を法介に向ける。

「爆弾の解体もできたのか。なら、海に捨てずともよかったのでは？」

「そっちの方が簡単なんですよ。手間も少ないですし」

「違いないだろうなあ」

もはやろくなツッコミも浮かばず、ハワードは海上警察のサイレンにぼんやりと耳を傾《かたむ》けた。


警察が到着してパーティは中断となり、船はまっすぐ港へ戻ることとなった。

犯罪者たちは全員漏《も》れなく捕縛され、招待客やスタッフに怪我人はゼロ。実に鮮やかな幕引きだった。

夕日が海に落ちる中、何台ものパトカーがやってきて、港は上を下への大騒ぎだ。

「今回もお世話になりました、ハワードさん」

「いや……礼を言うのはこちらの方だ」

そんな騒ぎの片隅で、ハワードは法介にかぶりを振った。

今回もたいへんな事件となった。だが、法介を恨むつもりは毛頭《もうとう》ない。

「おまえのくれたお守りがなければ、私はあそこで命を落としていたからな」

「ですが、そもそも巻き込んだのは私ですよ？」

「積極的に巻き込まれたのは私の方だ。おあいこだろう」

からっと笑えば、法介もまた笑みを深めてみせた。

連行されていく男たちに目をやって、かるく目をつむる。

「私は相手を見れば、だいたい何を考えているかが読めるんです」

「な、なんだ藪《やぶ》から棒に。そんなことは百も承知だ」

「ええ。ですから私は……人間がどれだけ残忍になれるかをよく知っているんですよね」

法介はため息とともにそんな言葉を吐き出した。

依然としてその顔には柔和な笑みが浮かんでいるものの、どこか影が刻まれている。

それでも彼が次に目を開いたとき、その陰影はきれいさっぱりと消えていた。

「その点、ハワードさんは裏も表もないから見ていて気持ちがいい。今後ともよろしくお願いしますね」

「ふん、御免被《ごめんこうむ》るな。もうこんな事件はこりごりだ」

「いつもそうおっしゃいますが、わりと毎回積極的ですからね？　うちの愛理なんか事件の気配を察知すると、毎回するっと逃げるんですよ。夫である私を置いて」

「まあ、おまえは殺したって死にそうもないからな……」

彼の妻が非情なのではなく、彼自身が単にバケモノなだけである。

ハワードはふむとあごに手を当てて唸《うな》る。

「私ももう二度とあんな無茶は冒すまい。またこんな幸運が起きるとは限らんからな」

ハワードは穴の開いたジャケットから、自身の命を救ってくれたケースを取り出す。

弾丸は飴《あめ》のようにひしゃげてめり込んでいて、威力の凄《すさ》まじさを物語っていた。

「しかし、本当にラッキーだった。まるで映画の、よう……な……」

しみじみと感動を噛《か》みしめていたハワードだが、次第に台詞《せりふ》が尻《しり》すぼみになっていく。

鮮烈に思い起こされるのは、船に乗り込む直前のワンシーン。

法介はハワードがネックレスを受け取って――。

『受け取っていただけて安心しました』

たしか、そう言っていなかったか。

「まさかとは思うが、おまえ……」

ハワードはごくりと喉を鳴らし、法介の顔を凝視する。

「事前にあの展開を読んでいて……私にこいつを渡したのか？　弾除けになるように？」

「あはは」

悪魔は、ただふんわりと笑うだけだった。

そのままくるっと踵《きびす》を返して歩き出す。

「そうそう、向こうで会長さんがお待ちです。今回の功労者である私とハワードさんに、ぜひお礼がしたいとおっしゃっていまして」

「おいこら待て！　今回ばかりはさすがの私も誤魔化《ごまか》されんぞ!?」

「ですが、これが一番簡単で確実な方策だったんですよ。実際被害はゼロでしょう？」

「私のスーツに風穴が空いたんだが!?」

「それは会長さんがどうにかしてくれますよ。スーツの一着や二着、安いものでしょう」

実際その後、超高級テーラーの仕立券がハワードの元に何枚も届くこととなった。

大企業の会長と直々にパイプも作れたし、会社の業績もうなぎ上り。

後から考えればいいことずくめの事件となったが——このときのハワードの眉間《みけん》には、クレバスよりも深いしわが刻まれた。

「将来、直哉くんがおまえみたいになるんじゃないかと思うと、今から気が気じゃない……」

「その可能性は低いでしょうね」

法介はかぶりを振る。

にっこり爽《さわ》やかな笑顔で突きつけるのは無情な宣告で——。

「直哉は私以上の素質を有しています。あっさり越えてくれるんじゃないでしょうか」

「ええい、不吉な予言をするんじゃない……！　そもそもおまえは——」

摑みかかる手をするりとかわしながら、法介は意気揚々とハワードの先を歩いた。

あとがき

どうもお久しぶりです。さめです。

この度は毒舌クーデレ（略）四巻をお手に取っていただけまして、まことにありがとうございます。長いタイトルの本作もとうとう四冊目となります。

ここまで続けてこられたのは読者の皆様と担当様、イラストのふーみ先生、デザイナー様や書店員様……とにかく関わってくださった全ての方のおかげです。

皆さんに尾びれを向けて寝られなくなったため、さめは立ち泳ぎで寝る他ありません。

ブラジルに万が一読者様がいらっしゃったら逆立ちで寝ます。

ともかくそんな感謝の気持ちを込めた四巻です。

今回は付き合いはじめた直哉《なおや》たちのもとに、小雪《こゆき》の許嫁（仮）が現れるという非常事態。しかしそんなことにもお構いなしでひたすらイチャイチャし続けます。

直哉が女子から人気が出て焼き餅を焼く小雪、デートではしゃぐ小雪、バニー服を着せられる小雪……などなど、今回も様々な小雪をお届けします。

ふーみ先生によるイラストも必見です。どれもいい表情ばかりで最高ですね！

皆さんもどの小雪が一番刺さったか、こっそりさめに教えてください。さめはカラー口絵の、卵焼きを褒められてドヤ顔する小雪が深く刺さって抜けません。致命傷です。

今回は本編が短くなってしまったので、いつか書こうと思っていた法介《ほうすけ》とハワードの番外編を収録いただいております。ラブコメでねじ込む話でもない気がしますが……さめは書いていてとても楽しかったので、少しでもお楽しみいただければ嬉しいです。

そしてなんと……この四巻が出るころには、松元《まつもと》こみかん先生によるコミカライズが開始しております！　拍手！　マンガＵＰ！様にて絶賛連載中です！

松元先生の描かれる小雪も、毎コマ最高に可愛くてたまりません。さめも一読者としてコミカライズを楽しみにしております。応援しております、松元先生！

また、帯ではスクエニ様で刊行中のさめの別シリーズ『魔剣の弟子は無能で最強！』の情報も。他社様の作品にはなりますが、今回担当様おふたりのご厚意によりコラボいただきました。

そちらも毒舌クーデレと同じくマンガＵＰ！様にてコミカライズ（作画・ニシカワ醇《じゅん》先生）が開始しているはずです。ぜひぜひ二作品ともよろしくお願いします！

それでは今回も皆様に感謝を捧げて締めさせていただきたいと思います。

次も作品をお届けできるよう精進します。さめでした。

ファンレター、作品の
ご感想をお待ちしています

〈あて先〉

〒106－0032
東京都港区六本木2－4－5
SBクリエイティブ（株）
GA文庫編集部 気付

「ふか田さめたろう先生」係
「ふーみ先生」係

本書に関するご意見・ご感想は
右のQRコードよりお寄せください。

※アクセスの際や登録時に発生する通信費等はご負担ください。

https://ga.sbcr.jp/

やたらと察しのいい俺は、毒舌クーデレ美少女の小さなデレも見逃さずにぐいぐいいく 4

発　行　2021年8月31日　初版第一刷発行
2021年10月15日　第二刷発行
著　者　ふか田さめたろう
発行人　小川　淳

発行所　SBクリエイティブ株式会社
〒106−0032
東京都港区六本木2−4−5
電話　03−5549−1201
03−5549−1167（編集）

装　丁　AFTERGLOW

印刷・製本　中央精版印刷株式会社

ISBN978-4-8156-1080-7
Printed in Japan
GA 文庫